JN034931

不可侵の青い月～堕淫～

HANA NISHINO
西野 花

ILLUSTRATION 北沢きょう

CONTENTS

遠くの方から剣戟（けんげき）の音と怒号、馬のいななきと、何かを破壊する音が近づいてくる。

――もはや、これまでか。

ブランシュは大聖堂の天井を見上げた。そこには天使が舞い踊る様が描かれている。名高い宗教画家の手によるその美しさは人々に噂され、訪れる人は皆上を見上げて感嘆していた。

（この天使達も焼かれてしまうのだろうか）

形あるものはいつか滅びる。人も、国も、心でさえいつかは消える。

――それなら私のこの罪も、許される時が来るのだろうか。

破壊の音と悲鳴をすぐ側で聞きながら、ブランシュは小さくため息を漏らした。

「――ブランシュ様!!」

大聖堂の中に、見習いの神官が駆け込んでくる。

「ブランシュ様、早くお逃げください！　サランダ皇国の者達がもうすぐ側までやってきています！」

「エルダ、お前こそまだこんなところにいたのか」

サランダ皇国がこのアランティア聖王国に進軍していると報告を聞いたのは三日前。だがその時点で、この大聖堂に勤める聖職者の数は半数に減っていた。どこからか密かに情報を得ていた者達は、我先にと逃げ出したのだ。

「早く逃げなさい。今ならまだ間に合う」

「でも、ブランシュ様は」

「私は逃げない」

ブランシュはアランティア聖王国の大司教にして、この国の象徴でもあった。流れるような銀の髪と紺碧(こんぺき)の瞳。すらりとした身体にいつも青いローブを纏(まと)っている。硬質な美貌を持ち、禁欲的でどこか神秘的な佇(たたず)まいは、『不可侵の青い月』と称され、ブランシュ自体が信仰の対象のようにもなっていた。

「いけません！　もしブランシュ様に何かあったら――」

「エルダ」

ブランシュは年若い神官の名を諭すように呼んだ。

「私はこのアランティアの大司教として、何があっても民を見捨てたりはできない。それは私の責務だ」

「でも、他の司教様達はもう――――」

エルダはそこで言葉を詰まらせる。ブランシュは小さく微笑み、頷いた。サランダの侵攻を受け、ここの者達はもうほとんど逃げ出してしまっていた。エルダはおそらく、他の大司教たちのようにブランシュも命を惜しんでもいいのではないかと言いたいのだろう。

「彼らには彼らの考えがある。それは誰にも咎めることはできない」

ブランシュはエルダの頭に手を置き、撫でた。

「心配することはない。この国は滅びることはない」

「ブランシュ様がアランティアを救ってくださるのですか」

「手を尽くそう。侵攻を許してしまった以上、守護結界を維持する必要があるのかはわからないが――――。私にも何かできることがあるやもしれない」

サランダ皇国の侵攻の理由が、もしもブランシュの考えている通りであれば、この戦を止められるのはおそらく自分だけだ。

「早く行くのだ」

「……はい……！」

目にいっぱい涙を溜めながら、エルダは大聖堂の裏に通じる扉から出て行った。ブランシュは大司教の椅子に座り直し、静かにその時を待つ。

　やがて荒々しい足音が外から聞こえた。乱暴に扉が開けられ、武装した兵士がなだれ込んでくる。

「ブランシュ大司教だな！」

　剣や槍を構えた男達が周りを取り囲んだ。彼らはブランシュを見ると、はっとしたような顔をする。

「若くないか」

「大司教というからには、それなりの年ではないのか」

「――おい、貴様！　ブランシュ大司教はどこだ！」

　ブランシュは兵士達の恫喝にも動じず、ゆっくりと椅子から立ち上がった。

「私がブランシュです」

　ブランシュは齢二十四だが、れっきとしたアランティアの大司教だった。この国の大司教は託宣によって選ばれる。それはこの国が建国した時、最初の大司教が純潔の神マゼールに三日三晩祈り続けた時から始まった。巨大な水盆の底に沈めた町の地図の一カ所を、天井から差し込む光が示す。そこには必ず生まれたばかりの赤子がいた。

　ブランシュは生まれた時に神の子として選ばれ、この国の聖職者として教育を受けて育った。神に選ばれ、神に祈りを捧げる。その存在は信仰の象徴として扱われ、身分的には国王よりも上とされた。

『不可侵』とされ、国民の憧憬と崇拝を集めるためにいる。

そのため、『お飾りの大司教』などと陰で言われることもあったが、ブランシュは民がそれで満足するのであれば構わないと思った。

「大人しく、我々に従ってもらおう」

「では今すぐ攻撃を中止して、この国からも出て行ってください。民には平和に暮らす権利があります。それを奪うことは誰にも許されない」

ブランシュの凛とした声が大聖堂に響く。その毅然とした態度に押される兵士達もいた。

「……減らず口を……！」

兵士の一人が色めきたった時だった。部屋の外から、カツカツカツ……と堂々たる足音が聞こえてくる。それを耳にした兵士も、そしてブランシュもはっと息を呑んだ。

大聖堂に一人の男が入ってくる。緋色のマントに、黒い甲冑。肩よりも伸びた髪を無造作にかき上げている。昏い紅蓮のような色だった。

「……ギデオン……！」

ブランシュの唇から男の名が漏れた。サランダ皇国皇帝、ギデオンである。

「久しいな、ブランシュ」

ギデオンは気安い調子でブランシュを呼んだ。ブランシュは無言で男を見つめ返す。

（……変わっていない。いや、あれから更に威厳（いげん）を増している）

「六年振りか。大司教殿はますます美しくなられた」

ギデオンは傲岸不遜（ごうがんふそん）を絵に描いたような男だ。偉丈夫で男ぶりがよく、雄としての美しさを持ち得ている。サランダ皇国は大陸でも広大な領土と富を誇り、その皇帝である彼は『大陸の火竜』という二つ名を持っている。

彼が侵攻した都市では真っ赤な炎が燃えさかり、歴戦の戦士達の死骸が流す血の中で悠々と立つ様は彼の髪の色と相まって紅蓮の火を吐く火竜のようだと囁かれているからだ。

「軽口はやめてください、ギデオン」

「この俺を呼び捨てにするのは両親以外ではお前くらいなものだ。だが、意外と心地（ここち）よいものだな」

ブランシュは彼のペースに呑まれないように努めた。掌をぎゅっ、と握りしめる。

「アランティアに攻め込んだ理由を教えてください」

「忘れたのか？　薄情な奴だ。迎えに行くと言っただろう――。あの時」

「っ」

ブランシュは言葉を詰まらせた。

ああ、やはり彼は――そのためにここに来たのだ。

この国が攻められた原因は自分にある。ブランシュはそのことに絶望を覚えた。

「馬鹿げたことを」

形のいい唇が震える。

「すぐに兵を退かせてください」

「それはお前次第だ」

ギデオンはどこか楽しそうだった。

「王には話をつけた。今から平和的に交渉といこうではないか。お前も来るのだ、ブランシュ」

「――……」

ブランシュは眉を寄せ、瞼を伏せた。


連れて行かれたのはアランティアの王宮だった。広い会議室では王と王妃が先に席に着いていて、ギデオンに連れられたブランシュが入室すると、慌てたように立ち上がる。

「ブランシュ殿……！」

「陛下」

アランティア王、バーリンはさすがに顔色が悪かった。隣に座る王妃も、かろうじて取り乱すのを堪えているように見える。ブランシュは両陛下の様子に胸を痛めた。

「さて、では今後のことを決めようではないですか」

ギデオンがテーブルの奥、一番席次の高い場所にどっかりと座り、椅子の背にもたれかかる。どう見てもこの交渉で一番有利なのはこの男だった。

「その前に、教えてください、ギデオン」

どうしても聞いておかねばならないことがあって、ブランシュは男を問い詰める。

「アランティアの民は無事なのですか。まさか略奪などは――」

「ああ、大丈夫だ、大司教殿」

ギデオンはゆったりと片手を上げ、ブランシュの質問に答えた。

「兵には民を殺すなと言ってある。もちろん略奪などもするなとな。破った者は問答無用で切り捨てると言ってあるから、そこは心配しなくていい」

「――そうですか」

とりあえず無益な殺戮（さつりく）はされていないようだった。ブランシュはほっと息をつく。

「ただし、とりあえず『今は』だ。俺の命令次第では王都に火が放たれる」

「……も、目的を教えて欲しい。何が望みだね、ギデオン帝」

バーリン王が精一杯虚勢を張ってギデオンに問いかけた。彼はバーリンを一瞥すると、片方の眉を皮肉気に上げる。

「このブランシュ猊下の身柄を引き渡していただきたい」

――――やはりそう来たか。

ブランシュは身体を硬くした。

「ブ…ブランシュ殿を……？」

バーリン王が怪訝な顔をした。領土や国の主権などではなく、ブランシュ個人を寄越せと言われて戸惑っている。

「安心めされよ。ブランシュ猊下にはサランダへお越しいただき、何不自由なく過ごしていただく」

「し、しかしブランシュ殿は我が国の信仰の象徴。それをサランダへ、とは……」

「ではこの国の主権を渡していただくしかありませんな」

「それはできぬ！」

バーリン王の強い主張に、ギデオンはおかしそうに口の端を引き上げた。

「ではどうなさると？　こうして王宮の中にまで入られ、あなた方は抵抗する術を失っている。勘違いしないでいただきたいが、これは要請ではない。命令だ。我々には今すぐ、王の首を刎ねる用意がある」

ギデオンのその言葉と同時に周りを囲むように待機していた兵が動いた。剣を抜き、その刃の切っ先がバーリン王の首元に当てられる。

「ひっ……！」

「あなた!!」

蒼白になる王と、悲鳴を上げる王妃。ブランシュはもう耐えられなかった。

「やめてください！」

声を上げたブランシュに、ギデオンは片手を上げる。バーリン王に突きつけられていた剣が引かれ、王は脱力したように椅子にもたれた。

「……そちらの要求を飲みましょう。そうすれば、この国からすぐに兵を引いてくださるのですね？」

「兵士の半分はしばらくこちらに残しておく。要は人質というわけだ」

ブランシュが言うことを聞かなかったり逃げたりした場合、その兵がこの国の民衆に剣を向けるということだろう。抵抗の術を封じられ、口惜しさがブランシュを包む。

「ブランシュ殿を奪われれば、民達が悲しむだろう」

「バーリン陛下……」

剣を向けられても食い下がろうとするバーリン王だったが、ギデオンはあっさりと言った。

「確かに国民の信仰の対象となっている猊下がいなくなれば、民は悲しむのかもしれない。だが、大司教は託宣で選ばれると聞いた。ブランシュ猊下の代わりに、次の大司教がすみやかに選出されるのではないかな」

「――――」

ギデオンの言うことはあながち間違ってはいなかった。

大司教が命を落としたり、あるいはその資格を失ったり、譲位した時に『神の子』が選出される。

ブランシュ自身も、先代の大司教が急死した後、すぐに託宣によって選ばれた。

象徴として祭り上げられてはいても、大司教自身は代わりのきく存在なのだ。

「――――わかりました」

ブランシュは静かに告げた。

司教達がわずかでも戻ってくれれば、自分がいなくとも守護結界の維持は可能だろう。

「サランダ皇国へ参ります」

「結構」

ギデオンは満足そうに笑う。それから近くの兵士を手招くと、王都と王宮の周囲に展開させていた兵の半分をすみやかに退却させるように命じた。

「ではブランシュ猊下。我々とサランダ皇国に来ていただこう。六年振りのサランダだ。懐かしかろう」

あの時の記憶が甦る。濃密で甘ったるい、けれども誰にも知られてはいけない秘密。忘れようと思っていたのに、それはブランシュを離してはくれなかった。逃げようとするブランシュを追いかけ、とうとう捕まえに来たのだ。


王都からサランダ軍が撤収して行く。突如現れ、王都を占領するように街のあちらこちらに立っていた兵士達が去って行く様子を、街の者達が建物の中から恐る恐る眺めていた。

ブランシュはそんな民の姿を、馬車の中から見ている。

おそらくもう戻ってくることはないだろう。ほとんど教会の敷地内から出たことのないブランシュは、この街では思い出らしい思い出というものはない。

（たとえ何処にいても、どんな扱いを受けても、私の信仰は変わらない）

一度大司教として選ばれると、世俗と切り離され、もう元の家族のところへは戻れなくなる。大司教とは人でありながら人ではない孤独な存在なのだ。それ故に拠り所が信仰しかない。ブランシュも例に漏れずそうだった。

アランティアの国教は、生活を律し、他者を敬い、神がいつも見ているという教えに基づいている。信徒である国民はそれほど規律に縛られてはいないが、聖職者は別だ。彼らはほとんど独身で一生を終える。

ブランシュは手の中のロザリオをぎゅっ、と握りしめる。荷物を持たずに馬車に乗せられたブランシュが身につけていたことで持ち出せたものだった。

ブランシュが乗る馬車の前方には、ギデオンが乗っている馬がいる。僅かに見える後ろ姿を見つめながら、ブランシュはそっとため息をついた。


サランダに到着するまで三日はかかる。軍は途中の森の中で野営を行うこととなった。

ギデオンのために天幕が張られ、馬車から降ろされたブランシュはその中に招き入れられた。

　ギデオンは鎧（よろい）を脱ぎ、寛いだ姿をしている。

「そんなところで突っ立っていないで、こちらに来たらどうだ」

「いったいどういうつもりなのです」

「何がだ？」

「こんな大軍まで率いて、私一人のために、あんな……！」

　紺碧の瞳に焔（ほむら）のような怒りの色が浮かんだ。ギデオンはテーブルの上にグラスを二つ置くと、その中にワインを注ぐ。

「言ったろう、迎えに行くと」

「戯（ざ）れ言（ごと）かと……」

「俺はそんな冗談は言わない」

　ギデオンが手招きをした。ブランシュは少しためらってからゆっくりと近づいてゆく。

ベッドに座るよう促され、素直に従うとグラスを手渡された。縁がカチン、と触れる。

「再会を祝して」

　戒律で酒は禁じられていたが、ワインだけは許されていた。ギデオンがグラスを傾け、美味そうに紅い液体を喉に流し込む。喉が渇いていたことに今更気づいた。

「覚えているか？」

彼が突然そんなことを言ったので、ブランシュは戸惑った。

「初めて会った時も、俺はお前にワインを勧めた。だがお前はまだ酒を飲んだことがなくて、盛大にむせてしまった」

「……未来の大司教たるもの、ワインを飲めないなど、弱いところを見せてはならぬと思いました」

六年前、ブランシュはサランダ皇国に留学していた。その時、サランダの皇宮で半年あまりの時を過ごしたのだ。

物心ついた時、自分の運命は決められていた。神に選ばれた者として一生を崇められて過ごす。人はブランシュに神の姿を投影し、憧憬と尊敬の念を抱く。ブランシュは大司教として、信仰の頂点にいる者として、相応の振る舞いをしなければならない。それは朝目覚めてから夜寝るまで続く。

皮肉にも、六年前にサランダにいた時、あの半年間だけが、『不可侵の青い月』が一人の人間でいられた時間だった。

（それゆえに、決して犯してはならない間違いを、私は）

あの頃に戻れるのなら、自分を殺してでも止めなければならない。そうすればこんなことにはならなかったものを。

「後悔しているのか？」

「……」

「無駄だ。もう遅い。俺はもう決めてしまったんだ。お前を連れていくことを」

ギデオンならば、どんな美姫でも、男でも、それこそ思いのままだろう。

「何故――――、私なのですか」

「きまぐれに遊んだ私のことなど、忘れればよかったものを」

「それは出来ぬ相談だ。ブランシュ」

ギデオンは飲み干したグラスを置くと、ゆっくりと近づいてくる。そして手に持ったままのブランシュのグラスを取り上げると、残っていたワインを口に含み、そのまま口づけてきた。

「ンっ……、ん、う」

喉に豊潤な液体が流れ込んでくる。驚いて吐き出そうとしたがどうにもならず、ごくりと飲み下した。その隙をつくようにしてワインの味のする肉厚の舌が絡みついてきて、舌を吸われる。びくりと肩が震え、身体を離そうとギデオンの腕に手をかける。だがびくともしなかった。そして何度も唇を重ねる角度を変えられ、口中の粘膜を舐め上げられる。両脚から次第に力が抜けていった。

「っ、……っん」

駄目だ。拒否しなければ。ブランシュはどうにかして逃れようと思うのに、抵抗できない。ギデオンの力が強いという訳ではなかった。今彼はさほどきつく腕を掴んでいない。ただ、彼の口づけに抗えない。

「あ……っ」

頭がぼうっとする。六年振りの口づけだというのに、ブランシュの身体はそれを忘れていなかった。かくり、と両膝が折れる。ギデオンはそんなブランシュを易々と支えた。

「そら、もう涙すら浮かべて……。口吸いにすら耐えられない、お前は本当に可愛い奴だよ」

ブランシュの紺碧の瞳は潤んで濡れていた。肌がじんじんと脈打つ。覚えのある感覚。

「は――――離せ」

「いいだろう」

ギデオンはあっさりとブランシュを離した。その拍子に足下がぐらつく。ギデオンがそんなブランシュの肩口を軽く押すと、その身体はベッドの上に倒れていった。

「！」

「もうお前は大司教ではない」

ギデオンが上着を脱ぎ、のしかかってくる。いけない、と思った。ここで抱かれれば、本当に後戻りできなくなる。ブランシュの神は、それを許さないだろう。

「やめろ!!」

可能な限りの力で今度こそ抵抗しようとしたが、膂力と体格が遥かに上回る彼にそれが通用するはずもない。あっという間に組み敷かれ、両脚を割られた。

「思い出せ。俺にさんざん抱かれていたあの時を」

「……っ」

ブランシュの脳裏に六年前の出来事が思い起こされる。サランダに留学していたあの時、ブランシュは彼と――ギデオンと、不埒な関係に耽っていた。

それを思い出す度に、ブランシュは身震いするほどの罪悪感に襲われる。あれはあってはいけないことだった。

「ああっ」

ローブと神官服を乱されて肌が露わになる。その隙間から大きな手が差し入れられ、直に撫で上げられると、びくりと身体が震えた。

「う、……っ、や、ぁ…っ」

意志を裏切り、身体が勝手に熱を持つ。ギデオンの乾いた手が胸元をまさぐり、指先が胸の突起を探り当てると、ジン、とした快感が走った。

「んんっ」

強い反応にギデオンの口の端が上がる。親指の腹で乳首をくりくりと転がされると、そこが甘く痺(しび)れたように疼いた。ブランシュの唇から声が漏れる。

「あ、んっ……、そ、そこ、や…っ、はっ、あっ！」

「どうした。抵抗できないか。……無理もない。お前はひどく敏感だったからな。快楽に弱く、堪え性がない」

「い、言うなっ……！　だま、れっ……！」

話す間も、ギデオンの指先で乳首を挟まれ、くすぐるように虐(いじ)められる。押しのけようとして彼の腕を掴んでいたはずの手がいつの間にか外れ、そのかわりにシーツを強く握りしめていた。

「ここをこうされると、泣いて悦んでいた」

「ああ、あっ！」

ギデオンの舌が突起を転がす。身体中が火をつけられたように熱くなった。舌先で何度も弾かれて、背中が仰け反ってしまう。

「あ、う……う…っ」

快楽がブランシュの身体中を支配し始めた。ギデオンは急がずに、ブランシュの弱い場所をじっくりと責めてくる。まるでブランシュが自ら堕ちてくるのを待っているかのように。

「あっ、こ、こんなことをして…っ、何になる……っ」

「まだ強情を張るというのなら、お前にわからせてやろう。自分の本性というものを」

下肢の衣服を剥ぎ取られる。ゆっくりとギデオンの唇が下がってきて、ブランシュははっとなった。駄目だ。それは耐えられない。

「い、嫌だ、やっ、そこはっ……！」

バタつく足も易々と押さえ込まれ、両脚が左右に広げられた。そこは胸への刺激により、はっきりと反応を示していた。震えながら頭をもたげ、先端を潤ませている。そこを見られてしまっているということが恥ずかしくて仕方がなかった。

「み、見ないで、く…っ」

「おかしなことを言う。見なければ舐めてやれぬではないか」

「あ、だ…め、んあ、あぁぁあ……っ！」

次の瞬間、股間に灼けるような快感が走る。ギデオンの口中に股間のものを含まれ、ぬるぬると舌で擦られた。鋭い刺激が脳髄(のうずい)までも犯す。

「～～～～っ、あ、んぁあ……っ！」

そこは特に刺激に弱く、少しも我慢できなかった。根元まで咥えられ、ねっとりと舌が絡まってくる。そのまま強く弱く吸われて、腰が抜けるかと思った。

「ひ、ぃ、ああ、あ、あ…っ、んあぁあああんんっ……」

力の抜けた指でシーツを掻きむしる。頭の中は激しい混乱と快感でぐちゃぐちゃだった。

普段は大司教として理性的に、何があっても動揺を見せなかったブランシュの硬い殻が打ち破られ、がらがらと音を立てて崩れていく。

それはブランシュ自身も目を逸らしていたかった、淫蕩で被虐的な本質だった。

誰も知らなかった。ブランシュ自身ですら。それをこの男が六年前に見つけ、暴いたのだった。

「お前はこれが好きで好きで仕方がなかった。今も、そら、腰が浮いている」

根元からつつうっ、と舌を這わせられ、下肢がびくっ、びくっ、とわななく。

「……っ、は、ア、あぁ、んあ、も、もう、やめ、ぁああ…っ！」

これ以上されると、イってしまう。あられもない姿を晒(さら)すことになる。それだけは避けなければならなかった。だが六年振りの快楽はブランシュをいとも容易く搦め捕り、下半身が淫らに蠢く。

「あ、だ…め、だめ、もうっ……！」

あられもない言葉を口にしながら、ブランシュはきつく眉を寄せた。その瞬間、先端をじゅううっ、と強く吸われてしまい、とうとう堰が切れる。腰の奥で快感が爆発した。

「んううっ、あっ、ああっ、んあ――……っ」

精路を白蜜が駆け抜ける時の、凄まじい悦楽。声を耐えることなどとてもできなかった。がくがくと腰を痙攣させながら、ブランシュは精をギデオンの口中に放つ。

「…っふ、いいイキっぷりではないか」

ブランシュの白蜜を飲んでしまったらしいギデオンが脚の間から顔を上げる。ブランシュは答えることができなかった。久しぶりに激しい絶頂を味わい、まだはあはあと息を乱している。

だが、尻の奥を広げられ、その入り口を指で弄られた時、思わず顔を上げてしまう。

「ここはさすがにもう硬いか」

「い、嫌だ、それだけ、は……っ」

最後までされてしまったらもうお終いだと思った。きっと自分は彼に与えられる快楽に

抗えなくなる。あの時と同じように。

ギデオンと過ごした過去、ブランシュは後ろめたさを覚えながらも、彼との行為に溺れていた。彼と離れてから自分がしでかしてしまった事に気づき、あれ以来ずっと罪の意識を抱えてきたのだ。

だがギデオンはブランシュの拒絶などお構いなしに、脱いだ上着の中から小さな瓶を取り上げた。美しい紫色の瓶の蓋が開けられると、とろりとした液体が出てくる。広がる濃密な甘い匂い。これは香油だ。

「――あ……っ！」

その香油にまみれた指がブランシュの後孔に挿入される。最初にひくひくと抵抗を返していたそこは、やがて思い出したように彼の指を受け入れていった。

「もっと緩めて呑み込め。そうだ、えらいぞ」

「う、う……っ」

肉洞を押し広げられ、長い指が中をまさぐるようにして進んでいく。ツン、とした刺激の後に下腹が痺れるような愉悦が生まれてきた。

「……ア、嘘だ…っ、こんな……っ」

「何をおかしなことを。嘘なものか。お前のここはちゃんと俺を覚えている。慎ましい振りをして俺を根元まで呑み込む欲張りな孔だ」

中で指がくっ、と曲げられ、探り当てられた場所を強く押す。

「んん、あう――……っ、あっ、あっ！」

ビクン、と全身が跳ねた。それが合図になったように、うねるような快感が身体中に広がっていく。

「く、う――……っ」

「我慢できないだろう？　前もまた勃ってきたぞ」

「……っ」

指摘されて見ると、たった今達したばかりのブランシュのものが、再び反応を示していた。

――ああ、そんな……っ。

自分の肉体の罪深さに、絶望すら覚える。そんなブランシュを嬲(なぶ)るように、ギデオンは指で巧みに泣き所を押し潰すように刺激してくるのだ。

「っ、あっ、ああ……んん……っ！　あ、うう――……っ」

「そら、くちゅくちゅと音がするぞ」

「や、あっ…んんう……っ」

忘れていた快楽を思い出したように、ブランシュの内壁が彼の指に絡みついて淫らな音を立てた。いつの間にか二本目の指を受け入れさせられて奥まで擦られると、背中を仰け反らせて喘いでしまう。

「あ、い……っ」

「可愛い奴だ」

イく、と口走ってしまいそうになり、ぐっ、と唇を噛みしめた。けれど肉体のほうはブランシュの意志を裏切る。

「ああっ…、くううっ、ん、んん――――…っ」

ぶるぶると肢体を震わせて、ブランシュは後ろで達してしまった。ギデオンの指をめいっぱい食い締め、下腹をひくひくと波打たせる。

「相変わらず我慢のきかない奴だ」

「あ、あ……っ」

屈辱と、そして否定できない甘い興奮とで啜り泣きを漏らすブランシュに、ギデオンは口づけて言った。

「嘆くことはない。それはお前の美徳だ。俺に愛されるためのな」

「……こんな、ことが……っ」

こんなことが美徳だとは言わない。そう言いかけたブランシュの前で、彼は自分のものを引きずり出す。悠々と天を衝く偉容。それは大陸の皇帝である彼にふさわしく、圧倒的な質量と猛々しさを誇っていた。

「……っ」

それを目にし、ブランシュの喉がひくりと上下する。身体の中が濡れるような感じすらした。

これを受け入れた時の快楽を知っている。

「さあ、屈服しろ。俺がもたらす快楽によってな」

凶器の先端が肉環に押し当てられた。熱い、と感じた瞬間、ずぶずぶと音を立てて捻じ込まれる。

「ん、うっ…あ、あぁぁぁあ」

ブランシュの口から喜悦の声が漏れた。無遠慮に体内に入り込んでくる男根が内壁を擦り、その度に震えるほどの快感が込み上げてくる。

(駄目になる)

理性も、これまで培ってきた倫理も根こそぎ崩れてしまうような感じがした。それと同時に確かに感じる充足感。ギデオンの圧倒的な雄にねじ伏せられてしまう。

「んっ、んっ！　あんんっ……くうう〜〜っ」

ゆっくりと腰を使いながら、ギデオンはブランシュを呼んだ。

「ブランシュ……」

「この時を、どんなに待っていたことか」

激しい悦楽の渦に巻き込まれながらも、ブランシュは目を開けて彼を見上げた。ギデオンの灰色の瞳の中に炎が見える。触れただけで焼け焦げてしまいそうな炎だ。

「もはやお前は不可侵の存在などではない。俺の情人だ。毎日可愛がって、愛してやろう。……こんなふうに」

「んんっんっ！　……あああ…っ」

ずん、と突き上げられ、脳天まで刺激が貫く。粘膜を感じさせ屈服させるように、ギデオンはブランシュの肉洞を穿った。先ほど指で虐められた場所も、張り出した部分で抉られる。

「ひ、ひい、い、んあぁあ……っ」

「よければいいと、ちゃんと口に出せ」

ブランシュは嫌々と首を振った。そんなことをしたら、ブランシュは本当に神を裏切ってしまうことになる。

「わ、たしは…っ、信仰を、捨てない…っ」

「愚(おろ)かな奴だ。お前はとっくに裏切っているだろう。六年も前に」

「や、ん、んんんぁあああっ」

弱い場所を執拗(しつよう)に虐められてしまい、ブランシュは仰け反ってわななくしかなくなる。

ギデオンが動く度に、ぬちゅ、ぬちゅ、と卑猥(ひわい)な音が響いた。自分の身体が発している音だ。ブランシュは恥ずかしくてたまらず、頭の中が沸騰(ふっとう)しそうだった。

「まだがんばろうとするのならそれでもいい。だが、これに耐えられるか？」

ギデオンはそう囁くとブランシュの入り口近くまで腰を引く。

「あっ」

抜ける、と思った途端、今度は思い切り奥まで腰を沈められた。彼の男根の先端が最奥にぶち当たる。

「〜〜〜〜」

声にならない声を発したブランシュが喉を反らす。下半身が細かく痙攣していた。

「お前は奥が一番好きだったな」

ぐりぐりとそこを抉られ、頭の中が真っ白になる。

「ひぃ…っ、は、ア、〜〜〜っ」

ブランシュの腰がぎこちなく蠢き出した。中で彼のものをたっぷりと味わい、締めつけ、媚肉を絡みつかせる。

「あ、ん……、ああ…あ」

恍惚と息を漏らし、甘く淫らな声が漏れる。そんなブランシュの変化を見て、ギデオンはほくそ笑むのだった。

「ブランシュ……、どうだ、犯されてどんな感じがする」

最奥をぬちぬちと捏ねられ、全身が痺れる。あっあっ、と声を上げながら、ブランシュはかぶりを振った。長い銀髪がシーツに散る。

「あ、そ…こ、すごい…ぃ」

「これが好きか?」

耳元で囁かれ、ブランシュは何度も頷いた。

「あっ好き、くう、ううっ、ぐりぐりって……、は、あ――…!」

淫らな言葉が口から零れる。一度出してしまうと、もう止まらなかった。

「い…っ、ぁあっ、く、イくっ、中で、イくぅぅう……っ!」

慎みを忘れたブランシュは、放埓に声を上げて絶頂に達する。その瞬間に強く締め上げられたギデオンも、低く呻いてブランシュの奥に精を叩きつけた。

「ひう、ううっ……！」

その感覚にまた達してしまう。出したものを内壁に擦りつけるような彼の腰の動きに呻いていると、強引に口づけられて舌を吸われた。

「んう、う……っ」

呼吸を奪われ、苦しくて涙が出る。けれどそれに興奮するように、軽い快感の波が何度も身体に走った。

「あっ、はっ……、はあっ……」

「……どうだ、感想は」

ようやく口を離され、息を荒げていると、酷薄そうに笑ったギデオンが囁く。ブランシュは目眩を感じて横を向いた。抜かれる感触にも、唇を噛んで耐える。

「……こんな、ことを、いくらしても無駄だ」

まだ身体に力が入らない。それでも、ブランシュは僅かに戻ってきた理性にしがみついた。

「私は、あなたの思うようにはならない……！」

「……ブランシュ」

ギデオンは衣服を整えると、ベッドの端に座り、ブランシュの髪にそっと触れた。

「お前は何か勘違いをしているようだな。俺がお前を支配しているのではない。お前自身の内なる本性に従えと言っている」

「な……！」

「あの国にいつまでもお前を置いておくわけにはいかない。象徴として祭り上げられ、いずれは次にとって変わられる。アランティアが信仰の名の下に何をしてきたか、俺が知らないとでも思ったか」

「……！」

ブランシュは息を呑んだ。彼は大司教の代替わりのことを知っているのか。

（いや、だが、それとこれとは関係がないはずだ）

「私が決めた道だ。あなたに口出しされる謂れはない」

「――消費されても構わないと？」

「消費ではない。それが私達の役目だ」

たとえ限られた間だとしても、民の希望として生きられるのならそれでいい。ブランシュはこれまでそう信じて生きてきた。

「……なるほど」

だがそれはギデオンにとっては納得できない答えらしい。彼は憤りの表情を浮かべると、立ち上がって告げた。

「では、お前のその意志を打ち砕くとしようか。お飾りの象徴として消費されるよりも、本能のままに快楽に浸るほうが幸福なのだと教えてやろう」

ギデオンは天幕の外に向かって声をかける。

「誰かいるか」

「はっ！」

すぐに二人の兵士が入ってきた。ブランシュは乱れた衣服を慌ててかき合わせる。天幕の外まで声が聞こえていたかもしれない。ブランシュは彼らに背を向けた。

「いかがいたしましたか」

「手の空いている者を呼んで、この大司教殿を抱くといい」

「――――！」

彼はいったい何を言っているのだろう。思わず振り向いたブランシュの視界には、戸惑った表情の兵士がいた。

「どうした。遠慮することはない。あの『不可侵の青い月』が、お前達に足を開くと言っているんだぞ」

「は、それは光栄」

ギデオンの言葉に、それまで畏まっていた兵士の顔が欲望に緩み、一人が天幕を出て行く。ほどなくして、天幕の入り口から数人の兵士達が入ってきた。

「やめないかギデオン！　こんなこと、許されるはずがない！」

「何に許されないというのだ？　お前の神か？」

ギデオンは見物するらしく、椅子にどっかりと腰を下ろす。そしてブランシュがいるベッドを彼の部下達が取り囲むようにして立ち、こちらを見下ろしていた。

「本当にいいのですか、ギデオン様」

「口づけは許さん。口に突っ込むのもなしだ。快楽だけを与えろ」

「はい、その肌に触れられるだけでも僥倖です」

ぎらぎらとした視線がブランシュの身体に纏わり付いてくる。ブランシュは反射的に兵士達の隙間をかいくぐって逃げようとした。だが当然のことながら捕まり、何本もの手にベッドに縫い止められてしまう。

「いやだ！　ギデオン……！」

「そう遠慮するな。お前はただ愉しんでいればいい。そいつらが天国を見せてくれるだろう。お前の信じる天国とは違うかもしれないがな、ブランシュ」

「……っ！」

男達の手が肌を這い回る。これから自分に訪れるただならぬ運命に戦いて、ブランシュはきつく目を閉じるのだった。


「んっ、ん、く、う……あぁ…っ」

身体が熱い。頭がぼうっとする。時折目を開けると、涙で潤んだ視界の中に、幾人もの男の姿が映っていた。手脚をベッドの上に押さえつけられ、身体中を弄ぶように愛撫されている。

「はあ……、どこもかしこも敏感で素晴らしいですよ、ブランシュ様……」

男達の指と舌が肌を這い回る毎に、火照(ほて)って上気した肢体がびくびくとわなないた。

広げられた脚の間で、濡れた肉茎がそそり立っている。男達の指はその周り――、内股や脚の付け根、性器の根元ギリギリを撫で回したり、くすぐったりしているのに、肝心(かんじん)の肉茎そのものには触れてこない。焦らして嬲っているのだ。その代わりに他の性感帯には卑猥な愛撫を加えている。

「あ、あうぅうんっ……！　ん、ひ、い、いや、あっ…！」

露わにされた両方の腋下に口をつけられ、窪んだ部分に舌を這わされる。その異様な感覚に思わず身を捩るが、押さえられている上にろくに力の入らない身体では抵抗できなかった。

「ここ、くすぐったいですよねえ。でも、ブランシュ様ならすぐに気持ちよくなりますよ」

「んっ、あっ、はあ、ああんんっ」

柔らかい肉を食まれ、しゃぶられると、全身がぞくぞくする。くすぐったいのか気持ちがいいのか、ブランシュにもわからなかった。

「ここも弄ってあげますね」

「あっあっ！　……んううっ、……ふあああっ！」

同時に乳首を指先で虐められる。刺激と興奮に尖って膨らんでいたそれは、男の指で摘ままれ、こりこりと刺激された。乳首から腰の奥へと、何度も快感の波が走る。

「あああっ、あああっ」

「あー、かわいそうに。ブランシュ様のこれ、もうビキビキいって涎垂らしてますよ。よっぽど可愛がって欲しいんですね」

「先っぽの孔、パクパクしてるじゃないですか。やらしいなあ」

放置されているブランシュの肉茎は、あまりのもどかしさに先端の小さな蜜口が蠢いていた。それはこれまで聖職者として生きてきたブランシュの、ひどく淫らな姿だった。

「んぁああ…っ、ひぃい、も、もう、許し……っ」

ブランシュの口から哀願の言葉が漏れる。だが、こんなに無体なことを強いられているというのに、頭の芯が焦げつくかと思うほどに興奮している自分に気づき絶望した。

「この状態でイったら、ご褒美を差し上げますよ」

「や、あ、無理…だ……っ」

「無理じゃないですよ。こんなに淫乱なんですから。ほら、身体中よくしてあげます」

「ん、ふ、あぁぁあ……っんんん――――…っ」

敏感な腋下を何度も舐め上げられ、乳首を捏ねられる。脇腹にも指先を這わせられ、肉茎の周囲も執拗に撫で回されて、ブランシュは喉を反らしてあられもなく喘いだ。腹の奥で凝った熱が暴れ回っている。

「そら、ブランシュ様、がんばってイってください。ギデオン様もご覧になっておりますよ」

「――――っ」

群がっている男達の向こうに、椅子に腰掛け足を組んでいるギデオンの姿があった。ワインのグラスを手に、食い入るようにこちらを見ている。

「ん、あっ」

ヒクっ、とブランシュの喉が震えた。ギデオンの視線に、まるで犯されているような感覚を得る。身体の中が、カアアッ、と熱くなった。

「あっ…あっ…！　ふ、あああぁあっ…うう――…っ」

がくん、がくんと全身が跳ねる。触れられていない肉茎の先端から、白蜜がとろとろと溢れた。絶頂の快感が全身を駆け巡っていく。ブランシュは無体に嬲られ、ギデオンの目の前で痴態(ちたい)を晒した。

「おお、イった」

「見事なイきっぷりでしたね。えらいですよ、ブランシュ様」

「は…っ、ふう、うう…っ」

妙な場所で達したためか、身体中のジンジンとした疼きが止まらない。肉茎は苦しそうに勃起したままで、先端から根元まで愛液で濡らしていた。脚の付け根にも不規則な痙攣が走る。

「では、今まで我慢したここをいい子いい子してあげましょうか」

「あっ、ひうっ！」

肉茎の根元から先端までを、指先でつつうっと撫で上げられた。ブランシュはそれだけで高い声を上げ、腰を浮かせてしまう。その仕草に、群がっていた男達がごくりと生唾(なまつば)を呑んだ。

「さあ、もっと脚を開いて」

「っ、あ、んんっ、あんんん――――……っ」

ぬるり、とそこが熱いものに包まれて、腰骨が灼けつきそうな快感が訪れる。肉茎が男の口に咥えられ、ぬるぬると扱かれた。

「んあぁっ、あっあっあっ！」

欲しくて欲しくて仕方がなかった刺激を与えられたブランシュの肉体は狂喜し、あやしくうねる。はしたなく振られる腰は押さえつけられ、快感の逃げ場をなくした。びくびくと震える肉茎にねっとりと舌が絡みつき、じゅううっ、と音を立てて吸い上げられる。

「く、う、ひぃい――……っ！」

頭の中が真っ白になった。身体の芯が引き抜かれるような快感。ひとたまりもなく達してしまったブランシュは、切れ切れの声を上げながら白蜜を噴き上げる。

「あう…う、あああ……っ」

「……ふう。これが『不可侵の青い月』の出したものか」

男は口元を拭いながらブランシュの股間から顔を上げる。すると、すぐに別の男がそこに顔を埋めた。

「は、あっ?! な、んあっ…あっ、い、いま、イった、ばかり……っ」

「ここを可愛がって欲しかったんでしょう?」

「心配せずとも、俺達全員で順番に舐め舐めしてあげますよ」

「そ、んな…っ、んっあっ、あふううう……っ」

さっきの男とは微妙に違う舌の動きがたまらない。裏筋を重点的に虐められ、脚の爪先まで痺れっぱなしになる。

「あっ、あっ、イく、また、イく……っ! んん、んあぁああ…っ!」

腰が大きく痙攣した。双果にたっぷりと溜まった蜜が男の口に放たれる。

次は二人がかりで舐められた。肉茎の左右から二枚の舌で嬲られる。片方が根元をねぶっている時はもう片方に先端をしゃぶられ、その異様な快楽にブランシュは泣き喘ぐ。

そして男達は口淫だけではなく、また身体中を愛撫してきた。くすぐったい腋下や鋭敏な乳首はもちろん、足の指や臍(へそ)の中まで虐められ、あまりの快感に泣き喚くような声を漏らしてしまう。

「あ、ア、あひぃい……っ」

「気持ちがいいでしょう、ブランシュ様」

「く、うぅぅんっ、い、いいっ、あ、そこっ、ぐりぐりしたら…っ、ああ――っ」

先端の蜜口に舌先を突っ込まれて穿られ、強烈な刺激に啼泣した。

（おかしくなる。もう、私が私でなくなる）

立て続けに快楽を与えられ、もうまともな思考ができなくなっていた。そしてそんなブランシュを見つめるギデオンの視線を、もうずっと感じ続けている。何故彼はこんなことを。考えても、ブランシュにはわからない。

「あああ、あうう…っ！　もうっ、ああっ、イくの、止まらな…っ！」

「構いませんよ。ずっとイき続けてください」

後ろに指を入れられながら口淫され、またイった。

そしてとうとう双丘の奥に男のものを捻じ込まれ、内部をかき回され、突き上げられる。目も眩むような快感に、ブランシュは正体をなくした。

「あっ、あっ、気持ちいいっ、んあああっ」

「うおおっ…、食いちぎられそうだ……っ！」

男達は口々にブランシュの具合を讃え、その奥にぶちまける。その度に数え切れないほどの絶頂を迎えながら、ブランシュは快楽の渦に呑まれるしかなかった。

ふと目を開けると、男達はいなくなっていた。天幕の中は静けさを取り戻している。

――終わったのか。

身体は痛いほどの気怠さに支配されていた。起き上がるには多大な努力が必要そうだ。

ブランシュは裸だが、きちんと上掛けがかけられている。

どうしてこんなことに。

その瞬間に、数刻前までの狂宴が思い起こされた。ブランシュはベッドの中で身体を丸め、嵐のような感情に耐える。屈辱、羞恥、後悔、惑乱――。それらが混ざり合い、ブランシュを責め立てた。理性が戻った今、最中の自分の痴態に叫び出したくなる。

「……っ」

頭を抱えそうになった時、ブランシュはふと、彼の存在を思い出した。

ギデオン。そうだ。もともとこの天幕は彼のためのもの――。

上掛けから顔を出し、部屋の中を見回すと、果たして彼はいた。卓の前の椅子に座り、何やら考え事をするように片手で頬杖をついている。その前にはワインの入ったグラスがあった。

「――――どうした」

視線に気づいたのか、彼はブランシュのほうを見て立ち上がり、ゆっくりと近寄ってくる。

「身体に痛いところはないか。傷はついていないようだったが」

まるでこちらを気遣うような言動が信じられなかった。そう言えば、あれだけの目に遭ったにもかかわらず、身体は意外とさっぱりしていた。誰かに清めさせたのだろうか。

「……い、今更、何を」

ブランシュの中に激しい憤りがわき上がる。この男が何を考えているのか、まったくわからない。

「まあそうだな」

ギデオンはブランシュに向かって笑った。どこか乾いた笑いだった。

「お前にとっては、理不尽この上ないことかもしれん。だが俺はお前を情人にするし、兵士達にお前を抱かせるだろう」

またあんなことをするのだと言われて、紺碧の瞳を見開く。

「何故」

「忘れたのか？」

ギデオンはベッドの端に腰掛け、ブランシュの銀髪を撫ぜた。それは優しい仕草だった。

「六年前の……ことか」

ブランシュはこんな目に遭う理由が本気でわからない。困惑のままに彼を見つめていると、ギデオンがふと眉を顰めた。

「覚えていないのか。――――処置のせいか」

「……？」

彼の灰色の瞳に捕らわれる。その強い視線に耐えられなくて、ブランシュは視線を逸らした。

「……なるほどな」

彼は不敵に笑う。

「アランティアの神官どもめ――――。ふざけた真似を」

「ギデオン……？」

ブランシュの心の奥がちくりとした。小さな棘のように刺さったそれは、気がつくとひどく気になってしまう。だが確かめようとすると、それは用心深い猫のようにさっと頭を隠してしまうのだ。

「それはそうと、ずいぶんと悦んでいたようではないか。妬けるほどだったぞ」

「……っ」

冗談とも本気ともつかない彼の言葉。ブランシュは屈辱に唇を噛んだ。

「……あ、あんなことをされたら……」

「そうだな。淫乱なお前では耐えられまい」

「――――私は淫乱などではない！」

思わず声を荒げると、彼はにやりと口の端を上げた。

「俺はお前以上にお前の身体を知っている。その本性もな。俺は取り澄ました顔をして民に崇められるお前よりも、男に抱かれて喘いでいる顔のほうが好きだぞ」

次の瞬間、ブランシュの手がギデオンの頬を張った。彼は避けもせずにそれを受け止める。

「どんなに怒ろうが、お前をサランダに連れて行く」

彼は打った手を握り、その指先に口づけた。

「っ」

「つまらん信仰だけの生活とは比べものにならないくらい愉しませてやる」

「……っ地獄に、堕ちろ……っ」

「喜んで。だがな、お前も一緒だ」

わかっている。そんなことは。肉欲に負けた自分は間違いなく地獄に堕ちるだろう。

「いい加減諦めろ。お前は俺が手に入れたんだ」

ギデオンの唇が重なってくる。ブランシュは耐えられずに目を閉じた。

肉体だけではなかった。この男の無体を、どこかで受け入れてしまっている理由。それが地獄に堕ちる要因だ。

さんざん快楽を貪ったにもかかわらず、こうして口を吸われると身体の芯が熱くなる。

そんな自分の罪深さを、ブランシュはまた思い知らされた。

六年前。

サランダ皇国の皇帝の間に案内されたブランシュは、その壮麗さに目を見張った。

アランティアの王宮も贅を凝らしたものであるが、ここサランダは大陸一の皇国だけあり、一段上の華やかさがある。

その装飾に見とれていると、ふいに玉座から声をかけられた。

「ブランシュ・エルデルか」

見ると、サランダ皇国の皇帝、ギデオンが玉座からこちらを見下ろしていた。ブランシュは居住まいを正し、礼をとる。

「初めてお目にかかります。アランティア聖王国より参りました。ブランシュ・エルデルです。此度は留学のご許可、真にありがとうございました」

「堅苦しい挨拶はよい。よく参ったな」

ブランシュは顔を上げて皇帝を見る。彼はこの時、まだ二十九歳だった。若き皇帝は興味深そうにブランシュを見つめている。

「ブランシュ殿は大司教だとか」

「はい。ほとんど聖堂の敷地内から出たことがありません故、見聞を広げるためにこちらへ出していただきました」

正確には、ブランシュはまだ大司教の身分ではない。この留学を終えてアランティアへ戻ったら、『信仰処置』という儀式を受ける。それで晴れて大司教になるのだった。

先代の大司教も、先々代も、一度だけ外つ国に遊学に出ることが許されている。その際、どこへ行くかは決まっておらず、ブランシュの場合はサランダ皇国へ赴くことになった。

「なるほど。我がサランダは大陸一の国。いろいろと吸収することも多かろう。よき学びとなることを願っている」

「ありがとうございます」

ブランシュはギデオンのような人間を初めて見た。サランダの皇帝は代々武人であるというが、ギデオンはそれを体現したような、まるでよく磨き抜かれた剣のような男だった。

(少し怖い。――――でも、素敵な方だ)

男性的に整った顔立ちに、よく鍛(きた)えられているだろう体躯。

(きっと女性が放っておかないのだろうな)

そんなことをぼんやりと思って、ブランシュは慌ててその考えを打ち消した。なんてはしたない、失礼なことを。

皇帝の間を辞した後、与えられた部屋に案内された。皇宮の一角の、とても立派な部屋だった。ブランシュはこれまで聖堂内にある簡素な部屋で暮らしていたので、びっくりしてしまった。

二部屋続きになっているその部屋は広いベッドとソファとテーブル、そして立派なスツールがいくつも置かれていた。ブランシュが持って来た荷物などはクローゼットひとつで収まってしまうだろう。

部屋の隅に置かれた机と椅子は、勉強するのにちょうどよさそうだった。そして部屋のあちこちに飾られた花。隣の部屋には水回りが配置されていた。部屋の窓は中庭に面していて、季節の花が咲き誇っているのが見える。庭の中央に聳えている大きな樹はシンボルツリーだろうか。

（立派な部屋を用意していただいた。しっかり勉強せねば）

アランティアに戻ればブランシュは正式な大司教となり、もう国の外に出ることはなくなる。そして信仰の象徴として、役目が終わるまで生きるのだ。

大司教となる人間が遊学を行うのは、せめて一度くらいは外に出してやろうということだろう。

（悔いのないように過ごさねば）

ブランシュはそう決意して、サランダでの初日を過ごすのだった。

翌日は朝起きて用意された朝食を摂り、広い皇宮の中を案内された。それから書庫に籠もって一日を過ごしたが、せっかくサランダに来ているのに部屋に閉じこもっていてはあまり意味がないと思った。そこでブランシュは一人皇宮の中を散策することにする。だが案の定迷ってしまい、人の通らない一画に出てしまった。

（どうしよう……。元のところに戻れるだろうか）

困り果てたブランシュはなんとか記憶を頼りに歩いた。だがますます見覚えのない場所に出てしまう。あまり奥に入っては叱られると思うのだが、外に出ようとしても方向がわからぬのだから仕方がなかった。

何度目かの角を曲がった時、ブランシュはふと人の気配を感じた。廊下の扉のひとつが少し開いていた。誰かがいるようだ。

（これで場所を教えてもらえる）

ブランシュがそう思って部屋の中を覗き込んだ時。

「誰だ」

「わっ……！」

急に鋭い声で誰何され、驚いて声を上げてしまった。

「……ブランシュ殿？」

「は、あ、ギデオン様っ……！」

そこにいたのはギデオンだった。

「……どうしたのだ？　何故ここにいる」

「申し訳ありません。迷ってしまいました」

ブランシュは頭を下げる。勝手にこんなところまで入ってきて、叱責されても仕方がないと思った。

「なるほど。来たばかりだからな。無理もない」

「……お許し頂けるのですか？」

「許すも何も。ここは俺の私的な場所だからな。見られて困る物もない」

言われて部屋の中を見回すと、そこは緑に彩られた不思議な空間だった。温室のように植物が飾られ、その中に無造作にソファや椅子が置かれている。

「ここはギデオン様のお部屋なのですか？」

「まあ俺の部屋の一つだ。各国から手に入れた珍しい植物を飾っている」

「そうなのですか」

ブランシュは少し意外に思った。ギデオンは、なんとなく剣などにしか興味がないような印象を持っていた。

「そちらの鉢は、夜になると白い花を咲かせる」

教えられた鉢を覗き込むと、葉の中に白い蕾が眠っていた。

「そっちはびっしりと棘があるから気をつけろ」

少し離れた場所には、奇妙な植物があった。茎とも葉ともつかないものに、大小の棘が隙間なく生えている。

どのくらい鋭いのだろう。そう思ったブランシュは、その棘にそっと触れようとした。

「っ、おい待て！」

「っ！」

指を引っ込めるのが間に合わず、小さな痛みの後にブランシュの指先が赤く染まる。

「だから言ったろう……」

ギデオンが呆れたように肩を竦めた。それからブランシュの手を取り、彼は傷ついた指を口の中に入れてしまう。

「え、あっ!?」

熱く、ぬるりとした感触が指先に伝わった。傷口を舐められ、吸われて、妙な感覚が指先から身体に伝わってくる。ギデオンが突然そんなことをしたのにも驚いたが、指を吸われた時に走った感覚はこれまで感じたことのないものだった。

「……っ」

生々しい感覚にブランシュの頬がみるみる朱に染まった。どきどきと心臓が高鳴り、ため息をそっと漏らす。

やがてギデオンの口からブランシュの指先が離される。

「……棘は残っていないようだな」

彼のその声で、ブランシュははっと我に返った。

「あ、あ…、すみません」

手を慌てて引っ込めると、ギデオンはふ、と笑みを零す。

「意外と好奇心が強いのだな」

彼はブランシュを部屋の奥へと案内した。

「危なくないものを見せよう」

部屋の奥にあったのは、小さな水槽だった。覗き込むと、何匹かの小さな魚が泳いでいる。

「わあ…」

綺麗だ、と思った。水の中に、まるでドレスのようなヒレを纏った魚が泳いでいる。その優美な姿に目を奪われる。

「東方の国から取り寄せた観賞用の魚だ」

「可愛いですね」

ブランシュは、生きて泳いでいる魚を見たこと自体が初めてだった。それを聞くと、ギデオンは驚いたように尋ねる。

「川にも行ったことがないのか？」

「はい。物心ついた時には聖堂にいて、そこで育ちました。それからずっと修行だけしていたので。だから今、とても楽しいです」

きっとこんな時間は最初で最後だから。

「……そうか」

いつの間にかギデオンの手が肩に置かれていた。

「では、ブランシュ殿の学びのために、俺もできるだけ協力することにしよう」

「本当ですか？　――ありがとうございます。ギデオン様」

「国は違えど、身分的にはブランシュ殿のほうが上になる。ギデオンでいい」

そうは言っても、彼は自分より十一も年上なのだ。それも皇帝である彼を、とても呼び捨てになどできない。

「では、ギデオン殿と……。むしろ私のことをブランシュとお呼びください。まだ若輩（じゃくはい）の身ですし」

「そうか。ではブランシュが迷わないように、明日からしばらくは俺がついていてやろう」

それを聞いて瞠目（どうもく）する。

「そんな。お忙しいのでは」

「何、戦がなければ俺は暇なものだ。優秀な臣下がいるのでな」

最初に会った時は少し怖い印象だったのに、今こうして話している彼はとても気さくだった。

（きっと、一生の思い出になる）

アランティアに帰れば後は自らの役目を果たすだけだ。

この時間を大事にしようと、ブランシュは思うのだった。


「落ちないよう、しっかり掴んでいろよ」

「は……はい」

ブランシュはギデオンの前に座り、鞍を必死に握っていた。

「まさか馬に乗るのも初めてだとは思わなかったな」

「移動の時は、いつも馬車なので……」

「本当に箱入りなんだな」

背後でギデオンがくすりと笑う気配がする。背中から彼の体温が伝わってきて、ブランシュは落ち着かないことこの上なかった。

このひと月あまり、ギデオンは公務の合間にブランシュの相手をしてくれた。彼は暇だと言っていたが、それでも国を治めているからには忙しくないはずがない。それなのに何かと面倒を見てくれて、彼には感謝しかなかった。

今日は馬でどこかへ連れていってくれている。市街地を抜け、街道を逸れてしばらく行ったところに、木立に囲まれて清浄な泉が広がっていた。遠くからは滝の音も聞こえる。

馬から下りたブランシュは、水辺に近づいて大きく息を吸い込んだ。

「帝都から近いのに、こんなに美しい場所があるのですね」

「あまり人も来ないから静かだ。お前を連れて来たいと思ってな」

「お気遣い、感謝します」

振り返ると、馬を繋いでからこちらに歩いてきたギデオンが小さく笑う。

「軽食を用意させた。昼がまだだろう。ここで昼食にしよう」

持ってきた荷物をギデオンが広げる。卵やハム、野菜が挟まれてあるサンドウィッチと果実酒、酒を飲まないブランシュには果汁の入った飲み物が用意されていた。

「こういうところで誰かと食事をするのって、初めてです」

「そうか」

草の上に座ってサンドウィッチを囓る。そのまましばらく風景を眺めながら黙っていたら、ふいにギデオンが話し出した。

「物心ついた時から聖堂で暮らしていたと聞いたが、親は？」

ブランシュは首を振る。

「わかりません。私は赤子の頃に託宣で選ばれて、親元から離されました」

「一度も会っていないのか？」

「はい。アランティアの大司教は、『人』ではないのです。信仰の象徴には親はいません」

それを寂しく思ったことはない。歴代の大司教もそうしてきた。

「……なるほど」

ギデオンは低く呟いた。

「つまり、ここにいる間が、ブランシュが『人』である時間というわけか」

「そうかもしれませんね」

「ギデオン殿は、ご家族は」

「父も母も今は隠居して離宮にいる。母親の違う弟がいるが、今は留学中だ」

彼に弟がいることを、ブランシュは初めて知った。

「弟君がいらっしゃるのですか。それはお会いしたかったです」

彼の弟がどんな人物なのか純粋に興味がある。だがギデオンは苦笑するような表情を見せた。

「あまり、そなたの前に出せるような弟でもないがな」

ギデオンは軽口を叩く。ブランシュはくすりと笑った後、立ち上がって水辺に近づいた。

「水に入ってもいいでしょうか?」

「構わんが、急に深くなっている場所もあるから気をつけろよ」

「わかりました」

靴を脱ぎ、衣服の裾をまくって泉に入る。ひやっとした冷たさに肩を竦めたが、じきに慣れて水を蹴った。足の指の間を水が流れていくのが心地よい。

「あまり奥へは行くな」

ギデオンが立ち上がり、気遣わしげな言葉をかけてくる。彼は意外と心配性なのだな。

そんなことを考えながら歩いていると、ふいに足が深く沈み込み、身体がぐらりと傾いだ。

「――――!」

「ブランシュ!!」

あっと思った時には、身体が水面に叩きつけられていた。水が口の中に入ってくる。溺れる、と感じた次の瞬間、身体が強く引かれた。

「大丈夫か」

「……っ、は、い」

少し水を飲んでしまったようで、ブランシュは咳き込んだ。するとギデオンに両腕で抱き上げられた。身体が浮く感覚に驚いて瞠目する。

「な、なに、をっ……」

「大人しくしていろ。今度は俺が転んでしまう」

そんなふうに言われて思わず大人しくなった。

「いい子だ」

彼はそう笑って岸辺へと向かう。泉から上がり、地面に下ろされるまで、ブランシュの胸はずっと早鐘を打っていた。彼が側にいると度々こんなふうになる。少し苦しくて、そして甘い。これはいったい何なのだろう。

「ずぶ濡れだな」

言われて、ブランシュは自分が服から髪の先まで滴るほどに濡れていたことに気づいた。

「ギデオン殿も濡れてしまいました。すみません」

「俺は大丈夫だ。それよりも服を脱げ」

「え？」

「一度服を絞ったほうがいい。そのままだと風邪を引くぞ」

「……あ、は、はい」

ブランシュは言われるままに衣服を脱ぎ、水を絞った。ギデオンはその間に手際よく火を熾している。

「こちらに来い」

ギデオンはブランシュを馬に積んであった布でくるむと濡れた服を取り上げて近くの枝にかけた。それから火の前に二人で並んで座る。

「すみません。ご迷惑をおかけして」

「ブランシュといると飽きない」

彼の口調は実際にどこか楽しげだった。ブランシュはすぐ隣にいるギデオンを見る。彼は口元に笑みを浮かべたまま火を見ていたが、やがてゆっくりとこちらを向いた。

「……」

視線が絡み合う。顔が熱いのは、焚き火のせいだろうか。

「すっかり濡れてしまったな」

ギデオンの手が長い銀の髪に絡んだ。髪を伝って、頭にジン、とした感覚が走る。思わず息を呑んだ。どうしよう。離れるべきか。けれど、ここから動きたくない。

彼がじっと見つめてくる。沈黙に耐えられずに、ブランシュは何か言おうとして口を開いた。だがその時、ギデオンの顔が急に近づいてくる。

「!?」

唇に触れる熱い感覚。それが彼の唇だと認識した瞬間、甘い戦慄(せんりつ)が走った。

「――――ン」

身を引こうとしたら、腰を抱かれる。すると唇がもっと深く合わさって、ブランシュはきつく目を閉じた。

――――何を。

何をされているのだろう。これはもしや、口づけというやつか。だが、どうして彼が自分に。

どのくらい時間が経っただろうか。ギデオンがゆっくりと顔を離し、ブランシュも恐る恐る目を開けた。

「……これが何かわかるか」

「口づけ……でしょうか」

我ながら間の抜けた答えだと思う。だが彼は「正解だ」と笑った。

「もう一度してもいいか?」

「……」

ブランシュは何と反応したらいいのかわからず、その代わりに目を閉じた。すると、すぐにまた唇が重なってくる。今度はもう少し深く。

「ん、ン」

彼の舌先が唇をこじ開け、歯列を突いてくる。ここを開けろというのだろうか。どうしたらいいのかわからないが、ブランシュは少しだけ口を開いてみた。

「ふんっ、んっ」

口の中にギデオンの舌が這入り込んでくる。びくり、と身体を震わせたブランシュだったが、その肉厚の舌で舌を舐められた時、体内を覚えのある感覚が走った。彼が近くにいたり、体温が伝わってきた時に感じるのと同じものだ。

「────~~っ」

じわり、と涙が滲む。頭の芯がぼうっとして、身体がふわふわしてくる。気持ちいい。

ブランシュは無意識にそう思っていた。

「……っ」

口が離れた時、唾液の糸が細く引いた。ギデオンがブランシュの濡れた唇を指先で拭う。

「嫌だったか」

「……わかり、ません」

この感覚をどう判断していいのかわからない。ただ、拒否したいという感情が嫌だというものなら、おそらくブランシュは嫌ではない。

「わからないんです。あなたが近くにいたり、触れられると、身体の中に、何か変な感覚が走って……熱い、ような」

口づけのせいか痺れたような唇で、ブランシュは必死で答えた。

「今も……何だか、気持ちがいいような、感じがします」

その瞬間、ブランシュは強く抱きしめられた。三度目の口づけ、けれどその口づけはこれまでのものとはまったく違っていた。

「ん、う……、ぅんっ」

舌を捕まえられ、強く弱く吸われる。ギデオンは角度を時々変えて口を合わせてくるのだが、その度に舌を弄ばれるように吸われて、ブランシュは甘く呻いた。

「……っ、ぅ、ん」

誘われるような舌の動きに、ブランシュはぎこちなく自分から舌を絡めてみる。くちくちという音が耳に届いて、恥ずかしさのあまり身体が熱くなった。上顎をくすぐるように舐められて、身体をびくびくと震わせる。

ようやっと解放された時には、ブランシュは息も絶え絶えだった。

「可愛いな。本当に可愛い」

耳元で囁かれて、背中がぞくぞくとわななく。

「俺が人の悦びを教えてやろう」

「……人の、悦び……？」

まだくらくらする頭で、ギデオンの言葉を繰り返した。

「ああ。お前はきっと好きになる」

誘惑する声がブランシュを夢見心地にさせる。炎の照り返しの中で、ブランシュは頬を染め、口づけを与えた男を見つめるのだった。


あれはいったい何だったのだろう。

部屋に送り届けられ、身なりを調えてから机に座り、読みかけの本を開いたところでブランシュはふと思った。無意識のうちに指先が唇に触れる。

彼が口づけたところ。

あれは、ブランシュがこれまで生きてきて、知らない熱さだった。

ブランシュは微かに唇を開き、指先で自分の舌先にそっと触れてみる。

彼にここを搦め捕られ、きつく吸われて。

「――――」

その時、身体の芯を貫いた熱に、ブランシュは思わず我が身を抱きしめた。自分が何をしたのか、まざまざと思い出してしまったのだ。

(何か、とんでもないことをしてしまったような気がする)

あれは固く禁じられていた淫行ではないだろうか。悪魔の所業だ。

けれどブランシュは、彼に口づけられた時のあの感覚が忘れられなかった。身体の奥深くに張った熱と恍惚の根は、今も少しづつ、少しづつ伸びているようにも思える。こんなことは今までになかった。

彼は、いったいどういうつもりで。

ブランシュはあの時のギデオンに思いを馳せる。彼は度量の広い立派な君主で、恐ろしいという噂は聞くが、ブランシュは決してそれだけではないように感じていた。現に彼はブランシュには優しかった。私室に招き入れてくれ、ブランシュを受け入れてくれた。あの時彼の特別な部分を見せてくれたような気がして嬉しかったのだ。

そしてブランシュは、人の熱をあんなにも感じたことはない。抱きしめられたことすら生まれて初めてだった。大司教となるべく育てられたブランシュには、誰もあんなふうにはしてこなかったから。

教えてやろう、と彼は言った。それは、次があるということだ。

（あんなことをまたされたら、どうなってしまうかわからない）

ブランシュはそれを恐ろしく思うが、また、心のどこかで望んでいる自分にも気づいていた。

自分という存在が二つに割れてしまうような感情。常に理性的であれと教え育てられたブランシュを、ギデオンは激しく揺さぶってくる。何も手につかなくなってしまうほどに。

「――――」

ため息をついたブランシュは本を読むことを諦め、机を立って窓辺から庭を眺めた。だが目に映る美しい風景も、脳裏のギデオンに邪魔されて、ちっとも心を安らがせてはくれなかった。

「――ブランシュ」

その声に名を呼ばれた時、心臓が跳ね上がった。廊下を歩いていたブランシュは息を吸い込み、ゆっくりと吐き出してから振り返る。そこにはギデオンがいた。

「狐狩りに行かぬか」

「狐狩り……？」

「ああそうだ。見事な狐を狩って、お前に襟巻きを贈ろう」

ブランシュは表情を曇らせる。

「私は、殺生(せっしょう)は致しませせぬ」

「――ああ、そうだったか」

ギデオンはそこで初めて気づいたという顔をする。

「ついうっかりしていた。では、夜会はどうだ」

「夜会？」

「俺とごく近しい者だけが集まって酒を飲む集まりだ。お前のことを紹介したい」

「それは……」

ブランシュは二の足を踏んだ。それは、自分のような者が行ってもいい場所なのだろうか。何より、絶対に場違いに違いない。ブランシュは自分が世間知らずだという自覚はあった。

「私などが行っては、ご不快に思われる方がおりましょう」

「何を言う」

ギデオンは即答する。

「皆ブランシュに興味津々だ。アランティアから来た未来の大司教にぜひとも目通りしたいとな」

「そのような……」

真っ直ぐに見つめてくるギデオンに胸の苦しさを感じて思わず視線を逸らした。彼はこうして積極的に誘ってくるが、あの口づけと抱擁は、ギデオンにとってはとるに足らないことなのだろうか。自分はこんなにも心を乱しているというのに。

「気が進まぬか。であれば無理強いはせぬが」

「い、いいえ」

ブランシュは顔を上げた。せっかく見聞を広めにこの国まで来たのだ。狐狩りは無理だが、集まって話すくらいなら参加してもいいかもしれない。

「皆様さえよろしければ」

「無論だ」

では刻限に迎えにくる、と告げて、ギデオンはブランシュから離れた。

「――――！」

その刹那に、彼の指先がブランシュの髪を撫でていく。髪に感覚などないはずなのに、ぞくぞくっ、と官能にも似た波が走った。

（あ……っ）

愛おしげに一撫でした指はすぐに離れて、マントの裾を靡かせて去って行く。ブランシュはその背を目で追わずにいられなかった。

ギデオンは本当に自ら迎えにきた。手に持った燭台の明かりが、あたりにあやしい陰影を作っている。

「では、参ろうか」

「はい…」

彼はブランシュの肩を軽く抱いてきた。そんなことをいちいち意識してしまう。

ギデオンは城の階段を下り、地下までやってきた。目の前の大きな扉から人の話し声と明かりが微かに漏れている。

「この中だ」

彼は扉を開けた。部屋の中にはランプと燭台がいくつも置かれ、背の低いテーブルが五つほど設置されている。そこにいる者達は絨毯の上にいくつも置かれたクッションに座ったり、あるいは長椅子に座ったりなど思い思いに過ごしているようだ。皆、身分が高いと思われる者達ばかりだが、明らかに異質な、派手な身なりの艶冶な女が数人混ざっていた。

「こんばんは、陛下。よい夜ですこと」

その中の貴婦人が声をかけてくる。ギデオンは軽く頷いて応えると、ブランシュを促して部屋の中に進んだ。

「今宵は美しい客人を連れておいでですな」

「彼は箱入りだ。手を出すなよ」

ギデオンにぐい、と肩を抱かれ引き寄せられる。ブランシュは思わずびくりと肩を竦めた。

「アランティアの司教様か」

「こんなところに連れてくるなんて、陛下も悪いお人」

艶治な女達がくすくすと笑う。自分に注目が集まっていることに、ブランシュはいたたまれない思いだった。こんな視線を向けられたことはない。

「そこに座るといい」

促され、長椅子のひとつに腰を下ろす。すぐに女が酒を運んできた。

「何をお飲みになります？　陛下」

「俺はラム酒を」

「かしこまりました。そちらの方は？」

ブランシュは慌てて答える。

「ワインを」

「もっと強いお酒もありますのに」

女は笑いながらゴブレットとグラスを置いていった。

「皆に紹介する。ブランシュだ」

ギデオンがブランシュの名を告げると、その場から密やかな、どよめきともため息ともつかない声が上がる。

「何か変なことをしましたでしょうか」

慣れない場所に不安を覚え、ギデオンに尋ねた。

「皆ブランシュに見惚れている」

「――――その御方が陛下のお気に入りですか」

別の者が声をかけてきて、好奇に満ちた目を向けられる。困惑して視線を外し、辺りを見回すと、薄暗い部屋の中で男女が思い思いに酒を飲み、煙管をくゆらせ、親密そうに身を寄せ合っている。卑猥な冗談が耳に入ってきて、ブランシュは思わず顔を背けた。

「どうした」

「いえ、なんでもありません。どうぞ私に構わず、皆様とご歓談ください」

自分はどう見ても場違いだった。彼はどうしてこんなところに連れてきたのだろう。

「しかし」

「ギデオン様、こちらへいらしてくださいな。サフィール様もお待ちしておりましたのよ」

赤い唇の貴婦人がギデオンの腕に手を添える。彼の友人が来ているのだろう。彼はちょっと行ってくる、と言い残してブランシュの側を離れていった。向こうで笑い声が上がる。それらを横目で見ながら、ブランシュはワインを口に運んだ。ひっきりなしに誰かが話しかけてきてその度にワインをつがれる。彼らは自分達の君主が連れてきた風変わりな客人が気になって仕方がないようだった。次々と杯を重ねさせられ、いつしか酔っ払ってしまって、人が途切れた隙を狙って長椅子から立ち上がる。風に当たろうと思って、そういえばここは地下だったと思い返す。ちらりとギデオンを見やると、彼は楽しげに友人達と談笑していた。ブランシュはそっと扉を開けて部屋の外に出る。階段を上ると、どこかから入って来た風が火照った頬を撫でていった。ひやりとした感覚が心地よい。

「ふう……」

少し飲み過ぎてしまった。階下の話し声も、ここでは聞こえない。廊下の支柱にもたれかかってぼんやりとしていると、階段を上がってくる足音に気づいた。

「ここにいたのか」

振り返ると、ギデオンが立っていた。

「黙って抜け出してしまって、申し訳ありません」

「いや、いい」

放っておいた俺が悪い。あいつの話がなかなか終わらなかった、と言って、彼はブランシュの隣に立った。

「お前のことを自慢しようと思って誘ったが、駄目だな。お前が俺ではない男に構われると、嫉妬(しっと)で心がざわつきそうになる」

ギデオンは冗談とも本気ともつかない口調で言った。

間近に立たれると彼の熱が伝わってくるような気がして、ブランシュは落ち着かなさを感じる。あの時のことを思い出してしまう。ブランシュはさりげなくギデオンから身体を離した。

「何故避ける？」

「……避けてなど」

図星を突かれ、ブランシュはぎくりと肩を震わせる。

「俺が気づかないとでも思っていたのか？」

顎を取られ、有無を言わせず彼のほうを向かせられた。強い視線に射すくめられ、鼓動が跳ね上がる。

「お……お許しくださ……」

「あの時のことを怒っているのか？」

その言葉に瞠目し、小さく首を振った。

「怒ってなどいません」

「では何故だ」

容赦(ようしゃ)なく詰めてくるギデオンに、ブランシュは捕らわれていくような気持ちになった。

彼に惹かれている。その熱さと強さに。

「怖い、のです」

「俺が怖いのか」

「……いいえ、自分が怖いのです」

ギデオンの手が緩み、顎を持ち上げているだけになった。

「あなたがしたことは、確かに私には衝撃でした。けれど嫌ではないと思ってしまったのです。あなたが言った通り、それが好きになったのかもしれない。……そして私にとってそれは、ひどく罪深いことなのです」

「ブランシュ」

「ふと気がつくと、あなたがしたことを思い出してしまう。……いけないのに、私は……」

声が震える。自分の内側から込み上げてくる気持ちを抑えられない。

「……っ！」

気がつくと、ギデオンに抱きすくめられていた。彼の広い胸にすっぽりと包まれてしまう。

「すまぬ。俺は……お前の神に顔向けが出来ぬようなことをしようとしているのかもしれん」

熱い唇が重なってきた。身震いするような心地よさが襲ってくる。

「お前を一目見た時から、絶対に手に入れると決めていた。ここはアランティアではない。

お前の神も、ここにいる間は目を瞑ってくれるだろうよ」

「な、何故……？」

何故、自分なのだ、とブランシュは激しい困惑の中で尋ねた。

「わからぬか」

ギデオンは喉の奥でおかしそうに笑う。

「お前のその美しい瞳が俺を捕らえたからだ」

ブランシュは息が止まりそうになった。再び重なってくる彼の唇に抗うことができず、ゆっくりと目を伏せる。

（神よ……お許しください）

愛欲に負け、求めてくるギデオンに身を委ねたブランシュは、彼の炎に身を灼かれる心地よさに溺れた。


それから二人は会う度に抱き合い、口づけをした。

ブランシュには戸惑いや後ろめたさはもちろん残っていたが、ギデオンに抱きしめられると抗うことができなくなってしまう。

それは快楽に対する興味や、愛を囁かれることへの悦びもあったかもしれない。

舌を吸われながらギデオンに髪や身体を撫でられるのは気持ちがよくて、ブランシュはいつも恍惚となる。

だがギデオンがブランシュの部屋に来たある日、いつものように口を吸い合っていると、それまでブランシュの腰を撫でていた彼の手がふいに内股に滑り込んでくる。

「ん、んっ！」

驚いて口を離した。ギデオンの手を制するように掴むと、彼が首筋に顔を埋めてくる。

「あっ…、ギデオン、殿…っ」

「今日からはもう少し気持ちのいいことをしよう」

そう言って彼はブランシュの衣服を乱し、その肌にそっと口づけてくるのだった。

「あ…でも」

これ以上進むと後戻りが出来なくなる。そんな予感があった。だが、その先がどうなるのか知りたかった。彼が与えてくれる感覚を味わってみたい。そんなふうに思ったのは初めてだった。

「大丈夫だ。俺にまかせろ」

大きな手が直に背中を撫で上げてくる。その感覚にため息をついたブランシュは、自分の身体から力が抜けていくのを感じた。長椅子に座ったまま、もう片方の手が下半身に伸びてくるのを見つめる。やがてギデオンの手が、衣服の上からそこを撫で上げた。

「んんっ……！」

脚の間を大きな手がゆっくりと撫でてくる。下から上へ。上から下へ、何度も。

「あ、……は……っ」

「どんな感じがする？」

彼の指で摩（さす）られる度に、じっとしていられないような感覚が込み上げてくる。思わず腰を動かしたくなって、けれどそれは恥ずかしいことだと頭のどこかで知っている。だからブランシュは必死で我慢した。

「我慢することはない。そういうことをしているのだから。……そら、もう反応してきた」

ブランシュの股間が硬く張りつめていく。布を押し上げるそれを、ギデオンの指が愛おしげに揉みしだいた。

「ああ……っ」

はっきりと認識する快感。ブランシュは頬を真っ赤に染め、横を向いて彼の肩に顔を埋めた。

「気持ちがいいだろう?」

「ん…っ、は……い」

気持ちよくて恥ずかしくて、どうしたらいいのかわからない。頭の隅で何かが警告している。これはしてはいけないことだと。けれどこの感覚に抗う術を、この時のブランシュは持たなかった。

じわり、と何かが染み出す感じがする。

「あ……、何か、濡れ…て」

「服を汚すかもしれない。直に触るぞ」

彼の言葉に、ブランシュは嫌とは言わなかった。乱れた服の中に忍び込んできたそれが、ブランシュの股間にあるものをそっと握る。

「んんっ!」

今までとは比べものにならない刺激が襲ってきた。ギデオンの手がゆっくりとそこを上下に擦る。ブランシュの両膝ががくがくと震えた。

「は、あ、あ……あっ」

「力を抜け。快感だけを追うんだ」

ギデオンの低い声が鼓膜をくすぐる。ぞくぞくとした感覚が背中を何度も駆け上がった。

変な声が勝手に出てしまう。先端から零れる愛液が、くちゅくちゅと音を立てた。

「や、あ、んっ…、んんっ」

強烈な快感が何度も身体を貫く。これまで自慰すらしてこなかったブランシュにとって、この刺激は耐えられるものではなかった。

「ブランシュ、一番敏感なところを触るぞ」

「え…っ、あ、や、だ…めっ、んん、くううう――…っ」

先端を指の腹でくちくちと撫で回される。あまりの快楽に背中が大きく仰け反った。堪えきれない波が凄まじい熱さでせり上がってくる。

「んあぁっやっ、な、何かくるっ、ああっ」

そう訴えてもギデオンは容赦してくれなかった。鋭敏な粘膜に刺激を与え続け、我慢できなくなったブランシュが腰を浮かせるまで虐める。

「んあ、あ、あぁぁああ…っ！」

その瞬間、自分がどんな声を上げているのかすらわからなかった。ギデオンの手の中に思い切り白蜜を噴き上げ、ブランシュは絶頂に達してしまった。

「よし、よく出せたな……。全部吐き出していいぞ」

「ひ、ひ……うう……っ」

出した後もゆるゆると指を動かされ、その刺激にブランシュが啜り泣く。

「よく覚えておけ。これがイく、ということだ」

「イ、く……?」

「そうだ。今度から、イく時はそう言うんだぞ」

達した直後のまだ痺れている頭に、そんな声が呪文のように染みこんでいった。ブランシュは頬を紅潮させたまま、はい、と彼に頷く。

「いい子だ」

ギデオンはそう囁いて、優しく口づけてきた。


ギデオンの手によって、ブランシュは密事を教えられていく。それは次第に行為を深めていって、ブランシュは幾度も彼の手によって絶頂を迎えさせられる。それはギデオンの部屋だったり、あるいはブランシュの部屋だったり、あの植物の部屋だったりした。彼の指と舌が身体のあらゆる部分を侵していき、ついには後孔にまで愛撫が及んでくる。

「は……っ、は、ア」

乱れた吐息が唇を濡らしていった。ブランシュは自分の舌で唇を舐め、身体の奥から込み上げてくる快感に喘ぐ。

「ここには俺以外誰も来ない。どんなになってもいいぞ」

「あ、や……っ、恥ずかしい、ですっ…」

部屋のあちこちに緑が飾られているギデオンの部屋で、ブランシュは彼に下肢を暴かれていた。椅子に腰掛けた彼の膝の上に抱き上げられ、向かい合った状態で愛撫されている。下肢の衣服はすべて脱がされ、上半身もはだけられていた。

「こんなに俺の指を咥えて、何を言う」

後ろに回った彼の指はブランシュの後孔に挿入され、中を弄っていた。その側には香油の瓶が転がっている。ギデオンはブランシュのそこを丹念(たんねん)に解していった。そのおかげでブランシュはもう、快楽を覚えられるまでになっている。

「うう、ああ…っ、は、ぁ…んっ」

中の壁を擦られるとじっとしていられず、思わず腰を揺らしてしまう。そうするとギデオンは嬉しそうに笑って、「いやらしいやつだ」と口づけてくるのだ。

彼の片手は今、ブランシュの脚の間の肉茎を握り、卑猥に扱き立てている。前と後ろで同時に感じさせられ、ブランシュは正気を失いそうになっていた。

「あっああっ…、ギ、ギデオン……、ギデオンっ……」

行為の時、呼び捨てにしろと命令され、いつの間にか彼のことをそう呼ぶようになっていた。

「き、気持ちいい……っ」

「そうだろう？　だが、この身体はもっと気持ちよくなれるぞ。お前はそれだけの素質がある」

素質？　何の素質だろう。

けれどそれを考える余裕はブランシュにはなかった。何せギデオンの舌がブランシュの乳首を転がし、弱い場所をいくつも押さえられてしまったからだ。

「あ、ああ、あっ、い、イく、イくうう……っ」

目の前の彼にしがみつき、ブランシュは絶頂を訴える。ギデオンが中のとある場所をぐりぐりと押し潰した時、ブランシュの全身に稲妻が走った。

「あああっ、ああ――……っ」

彼にしがみついたまま、思い切り背を反らす。ブランシュは腰を振り立てて、達してしまったのだ。ギデオンの手に思い切り白蜜を弾けさせて。

「は……っ、あ、あ……っ」

絶頂の余韻にその身をくたりと彼にもたせかける。ギデオンはそんなブランシュの髪に口づけて言った。

「この次は抱くぞ。俺もそろそろ我慢の限界だからな」

抱く。

それが意味するところをぼんやりとわかっていながらも、ブランシュはいつものようにこくりと頷くのだった。


その日は強い雨が降っていた。

夜にギデオンが部屋を訪れて、ブランシュはそのままベッドに組み伏せられた。

「今日は全部もらうぞ」

そんなふうに囁かれて、身体の奥がきゅううっと疼く。衣服の上からギデオンのものが当たっていて、それは確かな存在と熱を伝えてきた。

ブランシュの身体は彼の手によって入念な準備を施されてきていた。ギデオンはブランシュに快楽を教えた。それは人の悦びだと彼は言ったが、確かに、このどうしようもなく自堕落になるような感覚は人のものかもしれない。

(いいのだろうか)

信仰の象徴である自分が、人の欲にまみれても。

だがもう、彼のことを拒めない。どこまでも奪って欲しかった。

「うんっ……んっ」

濃厚な口吸いから始まって、身体中に丹念な愛撫を施される。最初に触れられた時よりもブランシュの肉体は感じやすくなっていた。行為の最中、ギデオンは少し意地悪になることがあるが、そんなふうにされるとブランシュはよけいに昂ぶってしまう。

「は、あっ……、はっ」

両脚をぐっ、と大きく開かされた。脚の間のものはすでに張りつめていて、先端を濡らしている。そんなブランシュの股間に、ギデオンが顔を埋めた。

「や、あっ！　あぁぁ…んんっ」

そこを舐められるとあまりにも感じすぎてしまって、無意識に腰が引ける。けれど逞しい腕で引き戻されて、敏感な場所にねっとりと舌を這わされる。

「んぁ、あっ、そ…それ、すご…いっ」

初めて口淫された時は、快感が強すぎて思わず泣き出してしまった。今もそうだ。頼りなく宙に投げ出された足の爪先が、気持ちよさのあまり開いたり閉じたりしている。

「これが好きだろう？　たっぷりとしゃぶってやる」

「ああぁっ…、と、熔け、るっ……」

裏筋を舌で擦られ、吸われながら舌を絡められると、腰が抜けそうになった。ブランシュは何度も背を反らしながら嬌声を上げ、やがて全身をびくびくとわななかせながら達する。

「ふあぁあっ…、ああっ！」

耐えられずに彼の口の中に白蜜を弾けさせた。いつもはそのまま飲み下してしまうギデオンだが、今日は口に含んだものを最奥の窄まりに垂らす。

「ん、うう……っ、あっ、そ、それはっ！」

自らが吐き出した白蜜と共に、ギデオンの舌が後孔に捻じ込まれた。そんな場所を舐められる異様な感覚に身を捩ろうにも、両の膝が胸につくほどに曲げたひどい格好をさせられている状態ではどうにもならない。

くちゅ、くちゅ、と内壁を舐められて蕩かされていく。そこからじんじんという疼きと、下腹から込み上げてくる快感。いつしかブランシュは喘ぎながら腰を揺らしていた。

「う、んんっ……、は、あ、ああ…うう…っ」

奥の壁がひっきりなしに収縮している。舌や指じゃなくて、もっと大きなものが欲しい。

「ああ……っ、も、もう、もう…っ」

入り口の近くばかりを刺激されて切ない。

「もう、挿れ、て……っ」

ブランシュがそう訴えた時、ギデオンが顔を上げた。

「ブランシュ、見ろ」

彼の声に、ブランシュは目を開けてそちらを見る。目に入ったその偉容に圧倒される。自分のものとはまったく違う姿をしているそれは太く長く、ところどころに筋が浮いている。あんなものが自分の中に。

果たして入るのだろうか――とブランシュは怯えたが、同時に腹の奥は疼いていた。

「これが今からお前を犯す男のものだ」

まるで凶器のような先端がぴたりと後孔に押し当てられる。

「挿れるぞ」

「ん、く――、あ!」

後孔に圧力がかかったと思うと、それがずぶりと押し入ってきた。入り口の肉環をこじ開けられ、絡みつく内壁を振り切るようにして奥へ進んでくる。

「ひ、あ――あ、うあ、～～～～っ！」

媚肉を擦られ、抉られる快感に耐えきれず、ブランシュは挿入の刺激だけで達してしまった。

「んうっ、ふ、んんん……っ」

自分の中がありえないほどに痙攣している。そこでイったことはこれまでにもあったが、指での絶頂とは比べものにならなかった。まだ腹の中がじくじくと感じている。

「……まだ、挿れただけだぞ」

「あっ、あっ！」

ぐん、と突き上げられて、脳天まで突き抜けるような悦楽を覚えた。あんな大きなものを咥え込んで、こんなに感じてしまっている。

「んあっ――…、ああ、あ、あっ」

「狭くて、熱くて絡みついてくる。素晴らしいぞブランシュ……！」

ギデオンが褒(ほ)めてくれた。そのことがひどく嬉しい。

「どうだ、いいか？」

「あう、あ、あぁっ、い、いい…っ、きもち、いい……っ」

彼の男根と肉洞が擦れる度、どうにかなりそうな快感に襲われた。ひっきりなしに喘ぐ口の端から唾液が零れる。その滴を、ギデオンの舌先が舐めとっていった。

「もっと悦くしてやる。お前が俺から離れられなくなるまで」

小刻みに腰を動かされ、たまらない愉悦が全身に広がっていった。ブランシュはシーツを握りしめ、弓なりに背中を反らす。

「んあぁ、ああ——…っ」

今のブランシュは、アランティアにいた時のブランシュではなかった。人々の幸せを願うだけの象徴だった青い月は、今男に犯されて喘いでいる。

みじめで悔しい。情けない。

けれどそんな感情も焼き尽くすような興奮に支配されていた。

「ふあ、ああっ」

そんなブランシュをもっと乱れさせるように、ギデオンの舌先に耳を嬲られる。ぞくぞくという痺れが抽送の快感と混ざり合って、理性がぐずぐずに蕩(とろ)けていった。

「あんっ……、ああっ、く、う、うぁあ…っん」

濡れたよがり声が雨音にかき消される。

その夜、ブランシュは何度も極めて、ギデオンがその最奥に精をぶちまけた時にはとうとう意識を手放してしまった。

その夜から道を踏み外してしまったような気がする。

ギデオンはそれから度々ブランシュを抱き、ブランシュのほうも覚えたての快感に抗うことができずに行為に溺れていく。身体を重ねる毎にブランシュの肉体は淫蕩になっていき、被虐の性質まで暴かれた。

アランティアからは度々留学の様子を尋ねる手紙が届く。その度に後ろめたさを覚えながらも、何も問題はない。サランダの方達はとてもよくしてくれている――と返事を書いた。

（嘘をついていることになるのだろうか）

ギデオンとの関係を黙っていることは、戒律に反することではないだろうか。だがこんなことは、とても言えるものではない。

「アランティアに戻って『信仰処置』を受ければ」

そうなれば自分は正式な大司教となり、人として扱われなくなる。ギデオンはそれまでの間、人としての悦びを教えてくれているだけだ。彼との行為を拒めないブランシュは、そんなふうに無理やり自分に言い訳をするしかなかった。

いずれにせよ、これが罪なことはわかっている。ただ、今だけ、ここにいる間だけは、目を瞑って欲しい。アランティアに戻ったら、きちんと役目を果たすから。

まだ自分の中に残る敬虔な大司教に向かってブランシュはそう訴えかけて、残りの日々を数えた。留学が終わるまで、あと一ヶ月足らず。彼との関係もそこで終わる。

そう思うと、急に胸の奥が張り裂けそうな感覚が襲ってきた。

(また、知らない感情だ)

ブランシュはサランダに来てギデオンと出会ってから、知らなかった様々なことを教えられた。故国のアランティアにいた頃はブランシュの感情はいつも凪いでいて、平穏そのものだった。だがギデオンから与えられたものは熱く、狂おしく、罪深く、そしてどこか愛おしい。ブランシュはそれらが自分にとってはあまりよくないものだとわかっていた。けれどそれらを拒絶するのは、今となってはとても難しい。

――――私には信仰があるのに。

それを捨てることはできない。民が私を待っているから。

「――――ずっとここにいないか」

帰国まで一週間と迫った夜、抱き合った後にまだ呼吸を整えている時にギデオンが言った。

「……え…？」

汗ばんだ背中に口づけられる度に、ぴくん、ぴくんと身体が震える。熱いため息が口から零れた。

「アランティアに戻るのはやめにしないかと言っている」

「……」

その言葉に、ブランシュは困惑して彼を振り返った。彼は、もっと自分といたいと思ってくれているのだろうか。

「それは……できません」

「何故だ」

「だって、あなたはこの国の皇帝で……、私はアランティアの大司教です」

「俺のことは問題ではない。ではお前は、忘れるというのか、俺のことを」

「――――」

ブランシュは言葉に詰まった。彼が自分のことを真剣に考えているとは夢にも思っていなかった。きっとブランシュがここにいる間だけの戯れなのだろうと考えていた。

嬉しい。

素直にそう思った。自分もできるならもっとギデオンと共にいたい。けれどそれは叶わないことだ。お互いの立場というものがある。そしてそれは決して投げ出してはならないものだとブランシュは思っていた。そう教えられ育てられた。

ブランシュはゆっくりと起き上がり、ギデオンを見つめる。

「あなたは私をどうされるおつもりなのですか。後宮にでも押し込んでおくつもりでしたか」

今度は彼が黙った。

「まさか、私とあなたが婚姻などできるはずもないでしょう。私もまた、アランティアに帰れば『信仰処置』を受け、正式な大司教とならなければなりません。それが私の課せられた役目です」

ブランシュはそんなふうに告げるしかなかった。彼への想いがいったい何なのか。ブランシュにはまだわからない。

「……以前から気になっていたが、その『信仰処置』とは何だ」

「大司教となるための処置です」

「単なる儀式とは違うのか」

ブランシュは首を傾げる。何故ギデオンがそこにそんなにひっかかっているのかわからなかった。

「アランティアの大司教の寿命はおよそ二十五年です。二十五でその命を終えた後、魂となって永遠にアランティアを護るのです」

「……何……？」

「命を二十五で終わらせるための処置が『信仰処置』です」

神官達による秘術で、寿命に期限を設ける。今までの大司教達も皆そうやってきた。民のためにその命を捧げるからこそ大司教は人々に崇拝され、国王よりも高い身分を与えられるのだ。

崇拝の対象が犠牲となるからこそ、民の心はひとつにまとまる。それは国を動かす上でとても重要なことなのだ。そして犠牲となる大司教にただひとつ与えられた自由が、一度だけ国外に出ることだった。何も知らないまま死んでもたいして意味はない、見聞を広げ、様々な感情を知り、その上で自身の感情を殺して犠牲となるからこそ大司教の魂は尊ばれ、国を護れるほどの力を持つ。それはそのまま守護結界の強さにもつながる。そんな英霊達によって、アランティアは護られているとされてきた。

「つまり、お前はあと七年で死ぬために国に帰ると言うのか」

「いいえ、魂となってアランティアに――」

「同じことだ！」

ギデオンが声を荒げた。

「お前はそれを、理不尽だとは思わないのか」

「……何故ですか。むしろ、光栄なことだと思っています。人にはそれぞれ役割がある。私の役目がたまたまそれだったというだけです」

ギデオンは首を振る。彼は憤りを堪えているように見えた。だが、何故彼がそんなに怒っているのかブランシュにはわからない。

困惑していると、ブランシュはいきなり押し倒され、ギデオンに再び組み伏せられるのだった。

「あっ！　やめ……っ！」

足首を掴まれて大きく両脚を開かされ、まだ潤っている後孔に男根が捻じ込まれる。

「んう――……っ！」

強烈な快楽が脳天まで貫いた。さっきまでさんざん彼を味わっていた肉洞は再びの蹂躙に嬉しそうに男根に絡みついていく。

「忘れられるのか。こんなに淫らな身体で」

「あ、はあっあっ！　くうんっ…！　ああぁ――…っ」

挿入され、かき回されてしまうともう耐えられない。体内には先ほどギデオンがたっぷりと放ったものが残っていて、抽送の度にぐちゅぐちゅと卑猥な音を立てる。彼の張り出した部分で泣き所を抉られ、ブランシュは何も考えられなくなった。

「あ…っ、んんっあっ、あんうう…っ！」

「気持ちいいのだろう？」

「は、あうっ…、ああっそこっ……、い、い…っ」

教えられた通りに卑猥な言葉を口にする。確かに、これをなかったことにするのは難しいかもしれない。けれどブランシュは大司教だ。忘れなければならない。そして、それはギデオンとて同じことだ。

彼はこの国の皇帝で、世継ぎを作らねばならないのだから、いつまでも自分を相手にしているわけにはいかない。それがわかっていながら、どうしてこんなに怒るのだろう。

「ん、んう――～～っ」

最奥に彼の精が注がれる。その感覚にブランシュも道連れにされ、放り投げられるような絶頂を味わった。

残された時間はもうわずかだというのに、あれからギデオンはブランシュを抱かなかった。――――怒らせてしまったから、もう興味がなくなったのだろうな。

ひどい、とは思わなかった。彼が何を怒っているのかはわからなかったが、嫌われてしまったのなら仕方がない。失意の感情に蓋をして、ブランシュは淡々と帰国の準備を進める。そしていよいよ明日、アランティアに帰るという時、ブランシュはギデオンに最後の挨拶に訪れた。

「滞在中は何かと心を砕いてくださり、真にありがとうございます」

「……ああ」

執務室で向かい合っている彼は素っ気ない返事をするだけだった。

（これで終わりだ）

「……では、失礼いたします。ギデオン様も、どうぞお身体に気をつけて」

ブランシュは諦め、話を切り上げようと一礼をした。

「ブランシュ」

部屋から出ようとしたその時、急に声をかけられる。振り返った時、ギデオンが射貫くような目でまっすぐこちらを見つめていた。

「――――いつか、必ず迎えに行く。お前が嫌だと言っても連れ帰る」

その焦げつくような視線に、背筋がぞくりと震える。怖い。そう思ってしまうほどの視線の強さだった。

「……お戯れを」

ブランシュはそれだけ返すのが精一杯だった。逃げるように走って与えられた部屋まで戻る。

（どうしてあんなことを）

もしかして自分は、とんでもなく愚かなことをしてしまったのだろうか。

自分の犯した罪の重さに今やっと気づいて、ブランシュは後悔にも似た思いに苛まれた。

やはりあれは、してはいけないことだったのだ。

大司教となるべき肉体は清浄でなければならない。それなのに、自分はあんな淫行に耽って、何度も何度も。

「――――お許しを」

ブランシュは部屋に戻り、跪いて懺悔をした。

もう二度とあのような行いは致しません。彼に対する想いも、すべて捨てます。

だからどうか。

「……私の罪を、穢(けが)れを、お許しください」

ブランシュはサランダでの最後の夜を、自らの罪を悔いることで費やしたのだった。


(あれからもう、六年経った。そして彼は来た)

あの時の宣言通り、兵を率いてアランティアに侵攻した。そしてブランシュを奪い、犯し、そして自分の部下にまでこの身体を与えた。それはひどい屈辱で、耐えがたいことだった。それなのにブランシュの肉体は心を裏切り、淫らに応えた。

――私はあの時から、堕ちるところまで堕ちていたのだ。

アランティアを存亡の危機にまで陥れるほどに。

(だが私は、そこまで彼にひどいことをしてしまったのだろうか)

それは自分の過失だと思った。ブランシュはギデオンのことがよく理解できない。

きっと彼を怒らせるようなことがあったのだろう。

ブランシュがサランダに残らないと言った時の彼の憤りも、ブランシュは戸惑いながらも不思議に思っていた。ならばこれは天から与えられた罰か。

馬車はがたがたと音を立てながら街道を進む。その周りを馬に乗ったサランダの兵士達が囲んでいた。その中には、ブランシュを犯した者もいるだろう。

「――っ」

ぶるっ、と身体が震える。これはいったいどういう震えだろう。

窓の外を見ると、遠くに堅牢な城が見えた。そして街を囲む壁も。

（来たのだ。ついに）

六年前にブランシュが訪れた国。

サランダ皇国に。

「ここを使うといい」

ブランシュが与えられた部屋は牢ではなく、贅を凝らした部屋だった。だがその部屋を見て、背後のギデオンを振り返る。

「ここは……！」

「懐かしいだろう？　六年前、お前が使っていた部屋だ」

いっそ悪趣味だと思った。ブランシュは彼を睨む。すると彼が近づいてきて、ベッドの上を指差す。

「あれに着替えるといい」

見ると、ベッドの上には衣服が置かれていた。手に取ったそれを眺めて、思わず絶句してしまう。

「こ、これは……！」

「お前に似合うと思ってな」

ブランシュの手がぶるぶると震えた。ブランシュはあまり詳しくはないが、王宮の宴で時々呼ばれる芸人の一座を見かけたことがある。その中にいた、踊り子が着ていたものによく似ていた。

「こんなものは着れません」

「駄目だ」

ギデオンは有無を言わせぬ口調で告げる。

「それを着るんだ」

「……」

「早くしろ」

今の自分に拒否権はない。唇を噛んだブランシュは、やがて諦め、纏っていた青いローブを外す。下に着ていた露出のまったくない神官服も脱ぎ、与えられた衣装を身につけた。生地自体は上質なものだろうが、薄くて頼りない、特に下半身は片側がぱっくりと割れ、簡単に手が差し入れられてしまいそうなものだった。

「似合うではないか」

これは裸よりも恥ずかしい。頬を紅潮させてそっぽを向くと、彼が下着も替えろ、と言ってきた。

「下着もそこにあるだろう」

「こ、これ……を？」

それを見てブランシュは愕然とする。これもまた薄くて、両側が紐で結ぶ仕様になっていた。これでは軽く引っ張れば、すぐに解けてしまうだろう。

「――――ここまでして、私を貶めたいか！」

ギデオンはいったいどういうつもりなのだろう。ブランシュ一人のためにわざわざ軍を動かし、アランティアに攻め込むなど正気の沙汰ではないと思った。そこまでブランシュが憎いのなら殺せばいい。

ブランシュの胸が軋んだ。過去に彼と過ごした日々。あの時は確かに彼は優しくしてくれた。

「貶める？」

ギデオンが片眉を上げる。それから少し考えるような顔をした。

「そうだな。俺はお前を貶めたいのかもしれん。お前を欲望の汚泥に堕とし、快楽の地獄を味わわせる。そうして大司教の顔を剥ぎ取ったお前を俺の花嫁としよう」

「……あなたが何を考えているのか、まったくわからない」

「まだそんなことを言っているのか？」

ギデオンが一気に接近してきた。びくりと身を竦ませるブランシュの肩を掴み、顔を寄せる。

「お前のためだ、ブランシュ。そうでなければ、他の男にお前を触れさせたりするものか」

「――――」

ブランシュは瞠目した。彼が何を言っているのかわからなかった。

「……私の……？」

「そうだ」

ギデオンの灰色の瞳の奥で燃えさかる、炎のような色に魅入（みい）られた。困惑し、言葉を失っていると唇が重なってくる。ブランシュはそれを拒むことは出来なかった。

「今日はゆっくり休むといい。食事はここに運ばせる。それとあの時とは違い、部屋の入り口は見張らせてもらうから、逃げようなどとは考えないことだな」

ギデオンはそう言って部屋を出て行った。その時にブランシュの神官服を持っていってしまったので、否応(いやおう)なしに扇情的な姿でいることを強いられてしまう。だが、いつも身に纏っている青いローブだけは残された。

部屋に一人残されたブランシュはため息をつき、ローブをたぐり寄せる。今となっては、これだけが大司教としての自分を保つためのよすがだった。


「では、今日から快楽の調教といこうではないか」

翌日の午後、ギデオンは部下を何人か伴ってブランシュの部屋に来た。覚悟はしていたことだが、思わず身を固くする。羽織っていたローブをギデオンに剥ぎ取られると、はしたない衣装が露わになる。

「神官服も禁欲的でよかったけれど、こちらも卑猥でいいですね」

「脱がせてよろしいのですね？　ギデオン様」

「ああ」

ギデオンは見物を決め込むようで、椅子を引き寄せて腰を下ろした。そして衣服を脱がされてしまったブランシュは、男達に腕をとられる。

「さあ、ブランシュ様、ちょっと縛りますよ」

「あ、何をするっ……！」

両手首を一纏めに縛られ、動きを封じられたことでまったく抵抗できなくなってしまって不安を覚えたが、兵士達が部屋の中で準備していることに気をとられる。彼らはブランシュの一纏めにされた手首を天井の梁から吊した鎖に繋いだ。そして一本の太い縄をブランシュに跨がせ、縄の両端をそれぞれ何人かの兵士が持つ。縄がぴんと張られると、それはブランシュの脚の間に強く食い込んだ。

「！」

その縄は何かで濡らされていて、ぬるぬるとてかっている。そして不自然な結び目がいくつもあった。

「こ、これは……っ」

「お前のような世間知らずにはとうてい想像もできないことだろうな」

ギデオンが告げている間にも縄が股間に食い込み、立っているだけで刺激してくる。

「あ……っ！」

ぬるりとした縄が股間に食い込み、思わず甘い吐息が漏れた。ブランシュはその時初めて、この縄が自分をどう責めさいなむかを理解した。

「や、嫌だ、このようなっ……！」

ふるふると首を振る。こんな大勢の目の前でそんな恥辱を晒すのはごめんだった。

「さすがのブランシュ様も、この後ご自分がどうなるのかご理解されたようですね。その通り、俺達が縄を動かしてブランシュ様の大事なところを擦ることになります。縄は媚薬入りの香油にたっぷりと浸してありますし、きっととても気持ちがいいですよ」

「……っ！」

ブランシュはその言葉に端麗(たんれい)な顔を歪(ゆが)めた。男達はそんなブランシュを楽しげに眺め、手にした縄をゆっくりと動かす。ずるん、と股間で縄が擦れた。

「う、んぁっ……！」

異様な刺激が脚の間に走る。思わず背中が仰け反った。

「あ、ぁ…あ、ああっ…！」

ずる、ずる、と敏感な場所が縄で擦られる。時折結び目が当たり、その度に会陰が抉られて強烈な快感が走った。

「う、うっ、あっ…あっ…！」

身体中が痺れてしまい、動けなくなる。どうにかして縄から逃れようとつま先立ちになるが、結局それに合わせて縄が追いかけてくるので無駄だった。踵がぶるぶると震える。

「だ、だめ、これ…っ」

「ブランシュ様、勃起してるじゃないですか。気持ちいいんでしょう？」

「乳首も尖っていますよ」

ブランシュの肉茎はそそり立ち、先端から愛液を溢れさせていた。そんな恥ずかしい姿を男達の目に晒され、羞恥と屈辱で身体が熱くなる。また縄が動かされ、食い込む快感に喉を反らした。結び目がごりっ、と弱い場所を抉る。

「ん、ん、あぁぁあぁ……っ！」

その瞬間、ブランシュは達してしまっていた。無意識にもっと刺激を欲してしまい、腰を揺らして結び目で自ら会陰を擦る。

「く、う、はあぁ、ぅあ……っ」

びくびくと身体を震わせながら刺激を味わった。ほんの少し動くだけでも、耐えられないほどの快楽が襲ってくる。肌がたちまち汗を掻き、全身が火照った。

「自分で腰振ってますね」

「いやらしいなあ」

煽られているのはわかっているが、自分でもどうにもならない。ブランシュははあ、はあ、と息を乱す。振り乱した長い銀の髪が汗ばんだ肌に張りついた。

「縄の味はどうだ？　ブランシュ。お前のような淫乱なやつには堪えられないだろう」

「や……っ、あ、あ…っ」

ギデオンの問いにも答えられず、首を振った。

「ギデオン様が聞いてらっしゃるんだ。ちゃんと答えろ！」

縄の両端にいた兵士達がぐっ、と縄を持ち上げ、強めに前後に揺らす。ブランシュの股間に、凄まじい快感が走った。

「んあっ、あっあっ！　や、あ…っ！　ひぃ、んあぁあ――――…っ！」

容赦なく食い込んで刺激する縄に、ブランシュは再び絶頂を極めてしまった。そそり立ったものから白蜜を弾けさせ、縄を濡らす。だが、まだ縄の動きは止まらない。

「んあっ、やあっああっ、ぐ、ぐりぐりしな…でっ…！」

「やめて欲しかったら、正直に言うんだ」

達してもまだ動かされる縄の責めでおかしくなりそうだった。

「ふぁ、ああ…っ、い、いい…っ、感じ、るっ……」

ブランシュは喉を反らして喘ぐ。口の端から唾液が滴っていた。縄が動かされる度に、股間からくちゅくちゅと卑猥な音が響く。

「感じるか。ではもっとしてやらんとな」

「ゆ、許し……あぁ……っ」

そんな、とブランシュは絶望に顔を歪めた。

「あ、うっ…ううっ……」

縄は気まぐれに動きが小刻みになったり、あるいは大胆になったりして、その異なる刺激がブランシュを悶えさせた。奥歯を食い締めるようにして耐えていると、縄で押し上げられるようにして肉茎の裏側を刺激される。その状態でまたゆっくりと前後に動かされた。

「あっ、揺らさなっ…！　こ、擦れる、だめなとこ擦れるう……っ」

びくん、びくん、と何度も仰け反り、ブランシュはまた達した。ふっと意識が途切れそうになり、ぐらりと身体が傾ぐと、力強い腕が支えてくれる。

「よくがんばったな」

「……っ」

許されたのか、脚の間から縄が落ちた。鎖も外され、ギデオンに抱き上げられたブランシュはベッドの上に横たえられる。終わったのか。そう思ってくったりと力を抜いた時、両脚が大きく開かれた。

「え……っ」

「少し赤くなっているな。かわいそうに」

「あ、んあっ、あ、んっ！」

過激に刺激された会陰から後孔にかけて、ギデオンが舌を這わせてきた。柔らかい舌の感触で身体中が震える。

「ああ……っ、あっんっ、あ…っ」

蕩けるほどに気持ちがよかった。会陰を舌先でくすぐるように舐め上げられ、結び目を食い込まされた後孔も舐め回されて、仰け反った肢体がひくひくとわななく。手はまだ縛られたままだったが、その状態がよけいにブランシュを昂ぶらせた。

「いい……っ、あっ、いい…っ」

感じる場所を舌で嬲られ、あられもない声を漏らしながら腰を揺らす。そのうち周りの兵士達までブランシュに群がり、尖った両の乳首を指先でカリカリと引っ掻くように刺激されるのだった。

「あぁぁあっ、そ、そこ、は……っ」

「ここ、好きでしょう？　たくさんかりかりしてあげますね」

乳首はそこでイってしまえるほど敏感な場所だ。そこをずっと弾かれているのだからたまらない。そしてギデオンが、ブランシュのものをぬるりと口に含んだ。泣き出したいほどの快感が身体を駆け巡る。

「ひ、ぃ…っ、あ、あーっ！」

次々と波のように押し寄せる快感に、ブランシュは何度も仰け反って喘ぐ。イきそうになる度にギデオンが愛撫を緩めてしまうので、腰の震えが止まらなくなった。

「くあ、あぁあ…っ、もう、もう、イく、イかせ……っ」

「イってしまったら、今度はお前を犯すぞ。俺はもちろん、ここにいる全員がお前を犯して中に出す。それでもいいか？」

「あ、あ……っ」

淫虐な選択肢を出され、唇がわなわなと震える。だがブランシュに選択の余地などないのだ。

「犯し、て…っ、犯して、ください、だから、イかせ、て……っ」

「……ずいぶん上手におねだりできるようになったな。いや、昔からか？」

ギデオンが低く笑う。そしてブランシュの肉茎を深く口に咥えると、舌を絡めてじゅううっ、と吸い上げた。

「んあ――……っ、～～～～っ」

目が眩む。稲妻が走るような絶頂を迎えて、ブランシュは泣き叫んだ。極みは長く続き、腰が何度もせり上がる。

「は…っ、はあぁ……っ」

次は犯される。そう思った途端、ブランシュの後ろがヒクヒクと収縮した。肉洞があやしくうねり、内部に這入ってくるものを待ちわびるように蠢く。

「素直な身体だ。たっぷりと犯してやる」

ギデオンの男根が押し当てられ、犯されていることを思い知らせるようにゆっくりと挿入された。

「……っあ、あうう…っ、く、ううぅんっ……！」

じわじわと中を拡げられるのがよくてたまらない。乳首もずっと虐められたままで、感じる度にギデオンの男根を締めつけた。

「――んあっあっ！」

ずうん、と突き上げられ、快感が背筋を貫く。それだけでブランシュの肉体はぶるぶると震えた。

奥から入り口まで、ずちゅずちゅと音を立てて男根が肉洞を擦っていく。その度に、頭が吹き飛びそうなほどの快楽に支配された。

「これが好きか？」

「ああっはっ、んああ…っ、す、すき、あっ、気持ちい…っ！」

ギデオンに突き上げられながら、兵士達にも身体中を愛撫される。乳首を指先で何度も弾くように愛撫されると、びくびくと身体が跳ねた。

「ブランシュ様は乳首をこんなふうにピンピンと虐められるのがお好きなんですね」

「んんぁっ、ち、ちが、やっ、んんんぅっ……！」

「嘘はよくないですよ。素直になりましょう。ほら」

刺激され、ぷっくりと朱色に膨れた突起を何度も刺激され、その度に身体の奥に鮮烈な快感が差し込んだ。奥で咥え込んでいるギデオンのものを強く締めつけてしまう。否定の言葉も意味をなさなかった。もう、感じていないところなどどこにもない。

「くぁぁあ…っ、あ、イく、すぐ、イくうう……っ！」

「本当にお前は堪え性がないな」

くっくっとギデオンが笑う。言葉でいたぶられて、甘い屈辱に全身が痺れた。かろうじてその山は耐えたものの、最奥をぐりぐりと抉られて、今度こそ我慢できずに極めてしま

う。深く咥え込んだギデオンのものを強く締め上げた。

「んあぁあ、～～～～っ！」

「くっ……！」

灼熱の絶頂が身体中に広がる。低く呻いたギデオンが、ブランシュの最奥に精を叩きつけた。その感覚にすらまた達してしまって、下半身をがくがくと痙攣させた。

その後も、ギデオンに代わって兵士達に犯される。縛られた手を解かれても、もうブランシュには抗う気力など残っていなかった。いや、抗う力がなかったのではない。我を忘れてしまい、肉洞に男根が捻じ込まれる度に身を捩ってよがっていたのだった。


――――ここから見える景色は、あまり変わっていないな。

ブランシュは窓から庭を眺め、六年前のことを思い出す。

（変わってしまったのは、私のほうだろうか。それとも、彼のほうだろうか）

ブランシュは立場こそ大きく変わってしまったものの、自身の内面はそれほど変わっていないような気がする。

ギデオンのみならず、名前も知らないような兵士にも犯される。そしてブランシュはそれを嫌がるどころか、理性を忘れて受け入れてしまっているのだ。

――どうしようもないのは、私だ。

けれどギデオンはいったいどうするつもりなのだろう。

嬲り殺すつもりなのだろうか。

もしここで命が尽きれば、ブランシュの魂はどうなるのだろう。

アランティアへ戻って英霊として国の護りにつくのか、それとも淫獄へと堕ちてしまうのか。

（きっともう、アランティアには戻れない）

このまま堕ちていってしまうのが、自分の末路としてはふさわしいように思えた。だが魂となって国に戻れない事態となっても、ブランシュはどういうわけかあまり悲嘆を感じない。むしろ、こうなってほっとしている部分すらある。

――きっと、ずっと後ろめたく思っていたのだ。

大司教になる身でありながら淫行に耽ったことを。

今の状況はきっと罰なのだ。

「――」

ブランシュはため息をつき、庭へと続く扉を開ける。何故かこちら側には見張りはついていなかった。

テラスから階段を下りて、庭に出る。土を踏んだのは何日振りだろうか。息を吸い込むと、緑の匂いがした。ずっと濁っていたようだった頭の中がすっと透明になっていくような気がする。

少し気分がよくなって、そのまま舗道を歩いていく。庭の中央にある大きな樹は、六年前よりも大きくなったように感じた。

「っ」

その樹の根元に人の姿を発見して、ブランシュはびくりとして足を止める。誰かが蹲っていた。泣いているような声が聞こえる。

気配に気づいたのか、その人物が振り返ってブランシュを見つめた。男だ。服装や雰囲気からして、兵士ではない。もっと身分の高い、王族のような――。

「すみません」

男は立ち上がって涙を拭いた。

「驚かせてしまいましたね。ええと――、どなたですか？」

問われて、何と答えたらいいものか迷う。だが答えねばあやしまれてしまうかもしれない。

「ブランシュ――――といいます」

結局名前だけを言ったが、彼はそれでわかったようだった。

「ああ、兄がアランティアから連れてきたという」

「……兄？」

「ええ、申し遅れましたね」

男はにこりと笑って言う。

「僕はヴィンスといいます。ギデオンの弟です。といっても、腹違いなのですが」

サランダの前皇帝の妃は確か二人存在していた。最初の皇妃が病気で亡くなり、若い皇妃が輿入れとなったと聞いている。彼は二番目の皇妃の息子なのだろう。

「弟――――」

「ええ、兄とは十二歳も離れていますが」

それでは、ブランシュよりもひとつ年下ということになる。

「……思い出しました。昔、あなたのことを伺ったことがあります」

彼に弟がいるということを、ブランシュは六年前にギデオンから聞いていた。

ヴィンスは精悍（せいかん）なギデオンとは違い、知的で柔和（にゅうわ）で、学者肌のような印象を受ける。

だがその灰色の瞳は兄と同じものだった。

「六年前にこちらに留学していらしたとか。その時はちょうど、他国に出ていたのです」

つまり自分とは入れ違いになっていたというわけだ。

「彼は、私のことは何と――――?」

ブランシュは恐る恐る尋ねてみた。彼はここで行われていることを知っているのだろうか。

「ええ。アランティアから花嫁を連れてきたと」

「は……?」

ブランシュは一瞬呆気にとられた。だがヴィンスはそんなブランシュの反応にも気づかないように続ける。

「『不可侵の青い月』と呼ばれている方ですね。噂通り、とても美しい方だ。兄が夢中になるのもわかります」

「――――」

不可侵などではない。もうとっくに、何度も犯されている。穢れた月だ。だがそんなことはこの場ではとても言えやしなかった。

「……それは?」

　ブランシュはその時ようやっと、樹の根元に供えられた花束に気づく。掘り返された跡があり、その側には土を掘る道具が置かれていた。それはどう見ても『墓』だ。

「僕が飼っていた猫です」

「猫？」

「子猫の頃から飼っていましたが、ずいぶん長生きしてくれました。僕が外つ国に行く時も一緒だったんです。最後は眠るように……。ここの庭がお気に入りだったので、一番いいところに埋めてあげようと思って」

「……そうだったのですか」

　それでさっき、彼は泣いていたのか。大切なものを亡くした悲しみは、いかばかりだろうか。

「……よければ、祈りを捧げましょうか」

　こんな自分にも、まだできることがあるのかもしれない。

「いいのですか？」

「私などでよければ」

　もう自分には大司教の資格はないのかもしれないが、悲しんでいるヴィンスと小さな魂のために祈ることは許されるだろう。

「ぜひお願いします。ブランシュ様に祈っていただければ、キラも喜びます」

キラ、というのが、彼の小さな相棒の名前らしい。

ブランシュは頷き、鎮魂の祈りを捧げた。これが今の自分に出来る精一杯だった。祈りの言葉を口にしている間、ヴィンスはずっと神妙（しんみょう）な顔で耳を傾けていた。

「ありがとうございます――。きっとキラも、天国で安らかに過ごせるでしょう」

「その悼む心こそが何よりの祈りになります」

こんな言葉は久しぶりに言ったような気がする。ヴィンスはブランシュの手を取ると、いたく感激したように礼を述べた。ブランシュはそっと青いローブの前をかき合わせる。彼にこの下のふしだらな衣装を見られたくはなかった。


「――――こんにちは、ブランシュ様」

「こんにちは」

それからブランシュは、キラの墓前に捧げる花を手に度々庭に現れるようになった。

「今日の花は可愛らしいですね」

ヴィンスが携(たずさ)えていた花は、小ぶりな桃色の花だった。彼はいつも通りにそれを樹の根元に置く。

「猫にとっては花なんてもらっても嬉しくはないでしょうけどね。僕の自己満足ですよ」

「……弔(とむら)いは、生きている人のためのものでもあります。キラはあなたに思ってもらえるだけで満足だと思いますよ」

「そうでしょうか」

「はい」

そう言うと、ヴィンスはほっとしたように笑った。

彼はギデオンの弟であるというが、印象が正反対だった。ヴィンスの灰色の瞳は理知的で穏やかで、ギデオンの苛烈な炎を宿すものとはまったく違う。

（この人には、できれば知られたくはない）

自分がギデオンやその部下達にしばしば陵辱(りょうじょく)されて、そしてその度にブランシュ自身も理性をなくし乱れているなどと。

「よければ、僕の部屋にいらしてお茶などいかがですか」

「あ……、でも、おそらく、ここから出られないと……」

自分が自由に動けるのはあの部屋と、この庭の中だけだった。ブランシュが申し訳なさそうに告げると、ヴィンスはあっさりと頷いた。

「そうか。兄はなかなか独占欲が強いですからね。でも、いずれは外に出してもらえると思いますよ」

「……そうでしょうか」

「ええ。だっていつまでもこのままではいられないじゃないですか」

その言葉は、ブランシュの心に鋭く刺さった。

たしかにギデオンもそのうち自分に飽きるだろう。

「……兄のことが、お好きですか」

「えっ」

突然そんなことを尋ねられて、ブランシュは困惑した。彼を好いているだろうか。恋慕の感情というのがどういうものかはよくわからないが、ギデオンのことを思うと、いつも胸が騒がしくなる。初めて会った時からずっと。

「……他の方に持ち得ないような想いは抱いていると思います」

「それは特別ということですか？」

特別。彼以外にはあんなふうに心臓がうるさくならない。たとえ彼ではない男に犯されても。

「きっとそうだと思います。でも、あの方はどうでしょうか」

「どういうことですか？」

樹の下で並んで話している自分達の側を、白い鳥がバサバサと飛び去って行った。

「あの方は、きっと私のことを憎んでいる」

だから今、ブランシュはこんな目に遭っているのだ。

「……」

ヴィンスはそんなブランシュを不思議そうに見つめていたが、やがてにこりと笑いかける。

「僕の猫のために祈ってくださったブランシュ様はお優しい。そんな方を、兄が愛さないはずがありません」

「――」

「僕が保証します」

「ヴィンス殿……」

「あと、ここだけの話ですが」

ヴィンスは声を潜めて、他に誰もいないというのに内緒話のようにブランシュの耳元に手を添える。

「兄はとても面食(めんく)いなんです。だから、絶対に大丈夫です」

その言葉に、ブランシュは思わず笑いを漏らしてしまう。ここに来てからこんなふうに笑ったのは久しぶりだった。

「それでなぜ私が大丈夫なのでしょうか」

「何をおっしゃいますか。僕はブランシュ様のような美しさを持った方は初めて見ましたよ」

自分の美醜はともかくとして、誰かに胸の内を打ち明けると心が少し軽くなった気がした。

「また、こうしてお話ししたいです」

「もちろんです」

ギデオンはブランシュのことを嵐のように翻弄(ほんろう)し、揺さぶってくるが、ヴィンスは爽やかな風のようで、心が穏やかになっていくのを感じる。

こういうのを友達というのだろうか。

身の回りで起こった出来事を楽しげに話しているヴィンスを見る、ブランシュの口元には自然と笑みが浮かんでいた。

「――――そうだ。庭の外へ出るのに、いい方法がある」

「……え？」

「僕の部屋は向こうの塔にあって、そこへは地下通路から行けるんです。王族しか知らない秘密の通路です」

ヴィンスが言っているのは、敵に城内まで攻め込まれた時やクーデターが起こった時のための、王族専用の抜け道のことだろう。そんな場所を自分に教えていいものだろうか。

「ヴィンス殿、それは……」

「兄が来るのは、早くても夕方ですよね？　昼間は公務で忙しくしておられる」

戸惑いながらもブランシュが頷く。すると彼は立ち上がって手を引っ張ってきた。

「なら大丈夫です。行きましょう」

「え、でも、それは私が知っていいものだろうか」

ヴィンスはこうと決めたら意外に強引だった。こういったところは兄と似ているのかもしれない。

「え、別に構わないでしょう？　ブランシュ様はもう身内みたいなものだし」

「……」

その言葉にはどう応えていいのかわからなかった。だがヴィンスはもう、先を歩いていてブランシュをその秘密の通路まで導いていく。木の根元に石畳があり、通路はそこに巧妙に隠してあった。

「こんなところに……」

「気がつかなかったでしょう?」

ヴィンスはどこか得意げに告げる。

「暗いから気をつけて」

通路内はごく小さな換気用の穴が開いているだけだった。足下すら覚束ないほどの暗い通路を、ヴィンスはブランシュの手を握ったまま慣れた様子で歩いて行く。時折穴から差し込む陽の光に浮かび上がる背中を見ながら、しばらく進むと階段があり、そこを上るとまた庭のような場所に出た。木々が絶妙に出口を隠している。

「ここは僕の住んでいるところです」

そこは、ブランシュのいる場所とはまた少し赴きの異なる場所だった。緑が多いのは変わらないが、ブランシュの部屋の周りと違うのは花がそれほど多くないところだ。目の前に建っているのは焦げ茶色の煉瓦造りの建物で、落ち着いた感じがするのが好ましかった。どこか清涼な風が吹きつけてきて、気持ちが澄んでいくのが感じられる。ヴィンスが住む場所としてふさわしいように思えた。

「さあ、僕の部屋に招待しますよ」

「私がお邪魔してもいいものでしょうか」

「何言ってるんですか？　僕達はもう友達じゃないですか」

友達。

その言葉に、ブランシュは心を動かされた。肉体を曝かれ、理性を失わされ続ける中で、肉欲の伴わない関係はブランシュに癒やしをくれた。ヴィンスが自分を見る目は、兵士の男達のような粘ついたものでも、ギデオンのような苛烈なものでもない。彼は自分を性の対象にしない。そう思うと安心できた。

ヴィンスの部屋はお世辞にも片付いているとは言えず、様々な本や地図、そしてブランシュにはよくわからない道具が積み上がっていた。

「ああ、ひどい部屋だな。客人をお迎えする場所じゃなかった」

ヴィンスは慌ててそこいらのものを移動させ始める。

「大丈夫です。気にしないでください」

「でも」

「ヴィンス殿の普段が垣間見れて嬉しいです」

そう言うと彼は少しびっくりしたような顔をして、すぐに照れくさそうに笑った。

「ブランシュ様は本はお好きですか」

「はい。アランティアでも書物ばかり読んでいました」

「へえ。どんなものを読むんですか？　やはり教典とか？」

「教典はもちろんですが、それ以外にも、歴史書や詩や、小説なども読みます」

「小説もか。それはいいですね！」

そこに侍女がお茶とお菓子を運んできた。ブランシュと目を合わせることもなく、黙々と給仕をして去って行く。だが彼女は部屋を出て行く際、ブランシュに対して睨むような眼差しを向けた。

「心配しなくていいですよ。あの者達はよけいなことは言いませんから」

ヴィンスがビスケットを囓りながら言った。ブランシュがここに来ていることをギデオンに知らされることはないと言いたいのだろう。

「僕も、剣を振るったり馬で駆けたりするよりも、こうして書物と資料に埋もれていたいのです。兄上には呆れられていますがね。けれど僕の計算能力は、公務にもずいぶん役に立っているはずなんですよ」

「ギデオン殿も心強いと思いますよ」

「だといいんですけどね。戦場に出たことのない男は一人前ではないと、よく叱られます」

「ギデオン殿は、お強いですからね……」

ブランシュは控えめに笑った。ギデオンの苛烈さは、ブランシュの身も心も激しく揺さぶる。

今もこうして思い出すだけで、心臓が高鳴ってしまいそうだった。

「僕も兄のことは尊敬しています。サランダをここまで強い国にしたのは、兄の功績だ」

それを言われると複雑だった。ギデオンはブランシュの国、アランティアに攻め込んだのだから。そしてブランシュのそんな心の機微を感じ取ったのだろう。ヴィンスがそっと肩に手を置いて囁くように告げる。

「あなたの立場も理解しているつもりです。微力ながら、ブランシュ様がここで心安らかに過ごせるよう、僕も尽力しますね」

「……お気遣い、ありがとうございます」

そんな日は来るのだろうか。そう思いつつも、彼の言葉は素直に嬉しかった。


「……ほう。めずらしい取り合わせだな」

ある日、部屋の窓の外から顔を覗かせたヴィンスに気づいて、ブランシュはテラスへ続く扉から出て、階段に座って彼と話をしていた。

だから気がつかなかったのだ。ギデオンが、すぐ側まで来ていたことを。

「――――」

「あ、兄上」

憮然として見下ろすギデオンに対し固まるブランシュだったが、ヴィンスはまったく悪びれない様子で彼に笑いかけた。

「思ったより早く見つかってしまいました」

ヴィンスが悪戯っぽい表情で舌を出す。

「お前はそれが誰かわかって通っていたのか？」

「もちろんですよ。アランティアの、『不可侵の青い月』。もっともご本人は穢れた月だと思っているようですよ。まあそう思うのも無理はないですね。あんなふうに何人もの男性に犯されて、気をやっていたのでは」

「……!!」

ヴィンスのその言葉に、ブランシュは耳を疑った。恐る恐る彼へと視線を移す。すると彼はばつが悪そうに肩を竦めて言った。

「すみません。この間見ちゃいました。なにせ、お声が外まで聞こえてきていたので」

「——っ」

ブランシュは衝撃のあまり息が止まりそうになった。

「見ていた……？　知っていたのですか……？」

ヴィンスは知っていた。あまつさえ声を聞かれ、見られてしまっていたのだ。彼には知られたくないと思っていたのに。

では彼はブランシュが犯されているのを目撃した上で、何事もなかったかのように接していたのか。そして自分は、知られていることに気づきもせず、彼と接していた。

ブランシュの顔が火を噴きそうなほどに紅潮する。羞恥のあまりに死にたくなる思いだった。

「……人が悪いぞ、ヴィンス」

そんなブランシュを見てか、ギデオンが弟を窘(たしな)める。

「そうでしたか？　でも、そろそろ僕も仲間に入れてくださいよ。兄上の部下に許されて、僕が許されていないというのはおかしな話でしょう」

「……っ!?」

ヴィンスは何を言っているのだろう。ブランシュは、彼らの間で交わされる会話の雲行きがだんだんとあやしくなっていることに気づいてしまう。それは、自分にもブランシュを抱かせろということなのか。まさか、そんな。

混乱しているブランシュを前に、ギデオンはため息をつき、やれやれという顔で答えた。

「いいだろう。だがな、こいつは俺のものだ。それははき違えるなよ」

「ええ、もちろんです」

ヴィンスがそう言った直後、ギデオンがブランシュの腕を掴み、部屋の中に引き入れる。

そして嬉々としてその後をヴィンスがついてくる。

「――やめてください、ギデオン！」

「何故だ？」

「何故って、こんなっ……」

信じられない。彼らは兄弟で自分を共有するつもりなのか。

「ヴィンス、あなたも、馬鹿なことはやめてください」

「ええ？　別に馬鹿なことではないですよ」

ヴィンスの笑顔は、最初に樹の下で出会った時と同じものだった。それを見たブランシュは、彼に悪意など微塵(みじん)もないのだということを知る。

激しく困惑したまま、ブランシュはベッドに組み伏せられてしまう。

青いローブを剥ぎ取られると、隠していたふしだらな衣装が露わになる。

「へえ、そんな素敵な格好をしていたんですね」

「司教のローブ姿も似合うが、こっちはこっちでいいだろう？」

「ええ、まったくその通りです」

恥ずかしさに横を向くと、ギデオンに顎を掴まれ、ブランシュは口を塞がれた。

「っ、んん、う……っ」

彼に口を吸われると、すぐに気持ちよくなってしまう。こんな姿をヴィンスに見せるのは抵抗があった。

「兄上、僕もブランシュ様の口を吸ってもいいですか？」

「駄目だ」

ギデオンはにべもなく却下する。

「兄上は本当に独占欲が強いですね」

ヴィンスは残念そうに呟いた。だが、他の男に口づけは許さなくとも犯させることは果たして独占欲が強いと言うのだろうか。ブランシュにはわからない。

「さあ、俺の弟にお前の肌を見せてやってくれ、ブランシュ」

「……っ」

頼りない衣装はいとも簡単に脱がされてしまい、ブランシュは裸同然の姿になってしまう。

「お顔もですが、お身体もとても美しいんですね。それにとてもいやらしい」

ヴィンスの指先がブランシュの乳首にそっと触れた。

「ん、うっ」

さんざんに転がされ、摘ままれ舐められた敏感な突起。そこをくすぐるように刺激され、ブランシュは唇を震わせる。

「すごく感じやすいのですね」

「だ、め……っ、そんな、ふうに、触らな……っ」

ヴィンスの愛撫もまた、巧みだった。ギデオンはとことん容赦なくブランシュを快楽で責め立ててくるが、ヴィンスは繊細(せんさい)だ。だがその分、身体の奥からもどかしく込み上げてくる感覚がある。二人が与えてくる異なる刺激にブランシュは困惑した。

「まだそんなことを言っているのか?」

腰の脇の下着の紐をゆっくりと引っ張られた。

「意地を張らずに、もっとお前も愉しめばいい」

「あ、ああ、はっ」

するりと脚の間に忍んできたギデオンの手に肉茎を握られて優しく扱かれ、声が漏れてしまう。未だ羞恥が消えてくれない自分を恨んだ。

「う、うぅ…んっ、ふっ」

「口を吸えないならここを吸おうかな」

「あ、んんん…んっ！」

ヴィンスがブランシュの乳首を口に含み、舌先で転がす。途端に胸の先から快感が走って、上体が大きく跳ねた。

彼ら兄弟に抱かれるのは、名前も知らない兵士達に犯されるのとは違った後ろめたさがある。それなのに、彼らの指と舌が弱い場所を責める度に身体を震わせながら喘いでしまうのだ。

「こちらは俺が舐めてやろう」

「ふ、あ、あぁん…っ！」

ヴィンスと反対側の乳首にギデオンが舌を這わせてきた。左右の突起に微妙に異なる刺激を与えられると、すぐに我慢できなくなってしまう。それでなくとも、そこは男達に執拗に弄られたせいで、快楽にひどく弱い。彼らはおもしろがってよくブランシュを突起の刺激だけでイかせたりするので、ほんの少し触れられただけでも固く尖ってしまう。

「あっ、ああっ、あっ…！」

ぴんと勃った乳首を舌先で弾かれたかと思えば、舌全体で舐め転がされたり、あるいは焦らすように乳暈に舌を這わせたりされる。

「今日もここだけでイってみるか？」

「や、だ、あ、ああ、んああ……っ」

言葉だけで拒否してみても、すでに全身が甘く痺れてしまっている。すっかり乳首でもイきかたを覚えてしまった身体は内側から疼き始めていた。踵がしきりにシーツを蹴り、何度も喉が仰け反る。

「ブランシュ様、可愛い。気持ちいいんですか？」

「ん、ん、くうう…っ」

「ブランシュ、ヴィンスが聞いてるぞ」

言葉に出すように強いられ、嫌々と首を振った。感じていることは一目瞭然なのに。

するとヴィンスが乳首を軽く噛んできて、鋭い刺激が背筋を走る。

「ひぁ、ああっ」

腰が痙攣するのが止まらない。思考が一瞬白く飛んで、ブランシュは啜り泣きながら淫らな言葉を零した。

「ああっ、き、気持ちいい…っ、です…っ」

ブランシュの乳首はすでにぷっくりと膨れ、朱くなっていた。鋭敏になったそれを執拗にねぶられてたまらなくなる。腰の奥もきゅうきゅうと疼いていて、もうイきそうになってしまっている。

「は、んア…っ、ああ、も、もう……っ」

理性が薄れ、興奮にとって変わられる。こんなこと駄目だ、いけないと思っているのに、こうなるとどうにもならなかった。

舌先で細かく乳首を弾かれ、ブランシュはシーツから背中を浮かせながら絶頂に達してしまう。

「くうぅ…っあ、ひ、ああううん…っ！」

腰の奥がひどく切なく収縮し、そそり立った肉茎の先端から愛液がしとどに溢れた。

「今日も乳首でイけたな。いい子だ」

目尻に浮いた涙を舌先で舐めとり、ギデオンが宥めるように告げた。無体なことをされたというのに、まるで褒められているような感じがする。達したばかりで乳首はまだじんじんと疼いていた。

「ブランシュ様はずいぶんいやらしいんですね」

「あ、あ…っ、ごめんな、さい……っ」

相手が誰であろうと、敏感に反応してしまう。自分は誰にされても感じてしまうのだ。

(私は、なんて、淫らな)

自らの淫蕩さを呪いつつ、この快楽を拒否することができない。

「謝ることないですよ。僕は褒めているんですから」

「その通りだ。お前の中の淫らさを、もっと解放するといい」

これ以上はしたなくなんてなりたくない。心の中ではそう思っているのに、中途半端な絶頂でもどかしさに苦しめられている身体は、どうしようもなく快楽を欲していた。

(罰して欲しい)

罪深い私に、罰を与えて欲しい。

ギデオンに後ろから抱え上げられ、ヴィンスに晒すように両脚を大きく開かれた。ヒクつく後孔に男根が押し当てられる。挿入られる、と思った時、それが容赦なく押し入ってきた。

「くあ、あぁぁアあ……っ!」

凄まじい快感に襲われたブランシュは、最初の一突きで達してしまう。

「……また、挿れただけでイったのか?」

「……あ…あ、だっ、て…っ、気持ち、いいからっ……、んう、あぅんっ」

膝の裏を抱えた手が軽く揺すってきて内壁を性器で擦られ、腹の奥がじくじくと快感を訴えた。

「そら、お前が俺のものをしっかりとうまそうに咥え込んでいるのをヴィンスに見てもらえ」

「ああ、や、やぁぁ……っ」

ヴィンスの視線をそこに感じ、ブランシュは羞恥に喘ぐ。

「ブランシュ様の後ろが兄上のものを咥え込んでひくひくと動いていますね」

「あ、は……あああっ……」

卑猥なことを言われると、身体を包む熱の温度が上がる。そして肉洞をいっぱいにしているギデオンのものをますます強く締めつけてしまうのだ。

「く、あ、あああ…！」

その媚肉を振り切るようにして、ギデオンが奥を突き上げてくる。感じる粘膜を擦られ、抉られるごとにぞくぞくと背中が震えた。

「そういえば、ここはまだでしたね」

ヴィンスの指先がブランシュの肉茎をそっと撫で上げる。

「ふぁ、あああっ！」

「すごい濡れてる……」

ヴィンスがそこに顔を近づけていった。

「あっだめっ、だめぇえ…っ！　んん、あ、ア！」

挿入されている時に肉茎を口に咥えられてしまい、喜悦の悲鳴を上げた。前後を一緒にされるのは駄目だった。我慢できない。

「あ、あ――っ、んあ、っ、～～～っ！」

内壁を穿たれ、肉茎を口の中でぬるぬると扱かれる。大きすぎる快感が体内を暴れ回って、その激しさについていけず啼泣した。

「ひ…っ、は、あぁぁあ……っ！」

断続的に込み上げてくる快感に耐えられなくて、ギデオンの肩口に頭を押しつけて喘ぐ。すると顎を捕らえられ、不自由な体勢で口を塞がれた。

「ん、うっ……、ふう、ううんんっ……」

舌を吸われ、口の中を舐め上げられ、ブランシュは喉の奥で甘く呻く。頭がぼうっとしてしまい、次第に自分から舌を絡めていくようになった。

「あっ、はっ、はあっ……ああっ」

ヴィンスに口淫されているものも彼の口の中でびくびくと震えている。先端の切れ目のあたりを舌先でぐりぐりされて、強すぎる刺激がブランシュを襲った。

「ああっあっ、こ、んなのっ…、い、いく、いくうぅぅ……っ」

「いいぞ。俺も奥で出してやる」

「ああっ……！」

ギデオンに中で出される時のあの快感を思い起こし、勝手に内壁が収縮してしまう。

「んう、ア、は、ああ…っ、ア、あぁぁあ……っ！」

びくんっ、と身体が仰け反って硬直した。最奥を小刻みに虐められ、前をしゃぶられて、ブランシュはあられもなく極みを迎える。

「……ブランシュ……！」

耳元でギデオンが名前を呼び、ブランシュの中に熱い飛沫を叩きつけた。下腹の奥がじゅわじゅわと甘く痺れる。それは足の爪先までひろがっていった。

「あ、あ……っ、ひ、ぅあ……っ」

弾けた白蜜はヴィンスに飲み下され、丁寧に舌で清められた。激しすぎる快感の余韻にくったりと身体の力が抜ける。

「……すっごく気持ちよかったみたいですね？」

股間から顔を上げたヴィンスが邪気のない様子で尋ねてきた。だがブランシュは何も答えることができない。

「では、次は僕の番ですね」

ああ、やはりそうなるのか。ギデオンが自分のものをゆっくり引き抜くと、ごぽっ、と音がして彼の白いものが溢れ出てきた。

「すごいな。兄上はこんなに出したんですね」

「こいつが格別すぎるからだ。いつも根こそぎもっていかれる」

「へえ、羨(うらや)ましいなあ」

そんな会話をしながら、彼らは体勢を整えていった。ヴィンスが前からブランシュの両脚を抱え上げ、ギデオンが背後から抱くようにして支える。

「いきますよ。ブランシュ様」

「……っ」

抗う力を快楽に奪われたブランシュは、ヴィンスのものを受け入れるしかなかった。ぬぐ、と肉環が拡げられ、それが無遠慮に挿入(はい)ってくる。

「うあ、あっ、はっ……！」

「すごい、な…！　絡みついてきて、ぎゅっぎゅって締め上げてきていますよ……っ」

達したばかりの内壁を容赦なく擦り上げられ、内股が痙攣した。その様子を言葉にされるのが恥ずかしくてたまらない。けれどよけいに感じてしまうのも事実だった。

「ああっ今っ……、イった、ばかり…だから……っ、んう、あああっ」

感じすぎて、足の先までびりびりと甘く痺れてしまう。自分で身体を支えることができず、背後のギデオンにすっかり体重を預けてしまう体勢になった。喉を反らし、震えながらよがっていると、ギデオンがぞろりと首筋を舐め上げてくる。

「ふあっあっ……！」

背中を凄まじい愉悦がぞくぞくと駆け上がった。軽く達してしまい、そそり立った肉茎の先端からびゅくっ、と白蜜が零れる。

「あ、あはぁうう…っ、ああ……っ」

体内のヴィンスのものをきつく締め上げてしまう。彼が低く呻き、仕返しをするように奥を突き上げてきた。

「あっ！　あっあっあっ…！　い、イく、またイくうう……っ」

理性を根こそぎ奪っていくような快感に、男達の腕の中で身をくねらせる。

「何度イってもいいぞ。達する毎にお前はいやらしくなるからな」

ギデオンの指先で乳首を摘まみ上げられた。突起から腰の奥に走る刺激に啼泣し、じわじわと上がってくる絶頂の水位に怯える。

「くっ、く…あ、ふう…あ、あっ、んんんう……っ」

ヴィンスが腰を打ちつける毎に、先に肉洞に放たれたギデオンの精が攪拌され、ぬち、ぬちっと卑猥な音が響いた。

「……ここ？　ここが好きなんですか？」

「や、ア、そこ、そこぉ…っ」

ヴィンスの先端が奥のある場所に当たる毎に、身体がどろどろに熔けそうな快楽に襲われる。

ブランシュの中には弱いところがいくつもあるが、そこは特に駄目だった。それはここに連れて来られて、男達と行為を重ねていくうちに自覚していった場所だった。

「ふーん、ここなんですね？」

「構わないから可愛がってやれ。小刻みに叩いてやるとたまらないらしい」

「なるほど。……こんなふうに？」

ヴィンスの先端が奥の壁をとんとんと叩く。その瞬間、身体中にじゅわじゅわと快感が走った。腹の奥が甘く痺れる。

「ああっやっ…！　んあ、ア、あ、いく、いっ、あぁあぁ……っ！　〜〜〜っ」

「うわっ…！　くっ」

　ブランシュがひとたまりもなく絶頂を迎え、内部のヴィンスをも道連れにした。最奥の壁に、熱い飛沫が叩きつけられる。

「あ、ああ、出て……っ」

　その感触すらも途方もなく気持ちよく、腰の痙攣が止まらない。ブランシュはもはや恍惚としてその余韻を味わった。

「はあ…、もっていかれてしまいましたね」

　ヴィンスが少し悔しそうに笑う。ブランシュの奥で、彼のものが再び動き出した。

「あっ！　はっ、んあ…っ！　ま、また…っ」

　もう一度挑んでくる彼に抗おうと、ブランシュは弱々しくもがいた。けれど力の入らない身体ではどうにもならない。

「くっ、うん――…っ」

「ね、もう一度…、ああ、腰を動かして下さるんですか？　ふふっ、お可愛らしい……」

　濡れた肉洞の中をじゅぷじゅぷと動く男根。ブランシュの腰がそれに合わせて無意識に蠢いた。

「は…っ、あ…っ、気持ち、い……っ」

　口の端から唾液を滴らせ、ブランシュの内壁がヴィンスのものをもう一度味わおうと収縮する。その時、繋ぎ目に別の圧力がかかった。

「う、あっ!?」

まさか、とブランシュは目を見開く。ブランシュを抱いていたギデオンが、自分のものを後ろから挿入しようとしているのだ。だが、中にはまだヴィンスがいる。

「じっとしていろ」

「あっ！　や、やめ、無理……っ！」

とんでもないことをされようとしている。それなのに、目の前のヴィンスは少し驚いたような顔をしただけだった。彼は目を細め、口の端を引き上げて笑う。それは兄の笑い方とよく似ていた。

「お前なら大丈夫だ。お前は俺達を同時に受け入れることができる」

ぐぐっ、と二本目の男根が挿入ってくる。その瞬間、ブランシュの全身に凄まじい快感が走った。

「うああ、ア、あはあぁぁあ……っ！」

身体中を波打たせ、ブランシュは達した。

「そら、ちゃんと呑み込めるだろう…?」

「――――っ、～～～～っ」

絶頂が。次々と押し寄せてくる。

圧倒的な質量と熱に責め上げられ、ブランシュは声にならない声を上げて仰け反った。

「ひ、ア、はあ……あ……っ！」

体内に捻じ込まれた熱がゆっくりと動き出す。ギデオンとヴィンスのそれぞれの動きがブランシュの快感神経を滅多打ちにした。二人の男に前後から挟まれ、もうよがり泣くことしかできない。

「……やはり、俺が思った通りだ。お前はどんなことでも悦びにしてしまえる」

「あ、んん、あ、あ……は……っ」

凄まじく淫らな表情と声でブランシュは喘ぐ。もう何も考えられなかった。ただこの快感に溺れることしか。

「あ、ひ……、ああっ…あ、し、し…ぬ」

燃えるように熱い繋ぎ目は二人分の精が白く泡立っていた。彼らが動く度に、ぐちゅ、ぐちゅ、と耳を覆いたくなるような音が響いている。

（こんな――――こんなの）

とんでもない無体を強いられているというのに、肉体は火を噴きそうなほどに興奮し、感じ入っている。

やはり、私の身体は淫らなのだろうか。

彼の言う通り、間違いを犯したあの時から。

(これは罰なのだ)

そう思うと、ブランシュの肉体がまた興奮に震え、二本の男根を締めつけて絶頂に達する。

「あ…あううんんっ……!」

もっと罰して欲しい。私を苛んで追いつめ、そしてバラバラにして欲しい。

「さあブランシュ。もう一度俺達の精でお前を満たしてやろう」

「あああっ…! だ、出し、て、いっぱいぃ……っ」

「お望み通り、奥に目一杯出して差し上げますよ」

彼らの精で満たされる。それを待ち侘びて、ブランシュの腰があやしく揺れ始めた。苛め抜かれた媚肉がうねり、痙攣して、深く激しい快感に全身を支配される。

「んう、んんあぁっ、あっ、〜〜〜っ!」

銀色の髪を振り乱し、大きく仰け反ったブランシュの内奥に、またしても男の精が注ぎ込まれる。

「いい……っ、い…く、イくううう……っ!」

思考が吹き飛び、何も考えられなくなる。白い闇にどこまでも堕ちていく感覚に思わず腕を伸ばすと、その手を誰かが握りしめてくれた。


「浮かない顔もお美しいですね」

部屋の入り口のほうから突然声をかけられて、ブランシュはびくりと肩を竦ませた。

ヴィンスが扉からやってくるのは初めてだった。彼はにこやかに微笑んだままこちらを見つめている。

「……何か」

まだ先日の狂乱の記憶が新しい。ギデオンとヴィンス、二人の兄弟に同時に抱かれて、ブランシュは何度も達してしまったのだ。それは名も知らない兵士達に犯されるよりも衝撃的な出来事だった。

できるなら、今すぐ消えてしまいたい――。

ブランシュはそんなふうに思った。だが、もう半ば諦めている。彼らはたとえブランシュが消えてしまったとしても、どこまでも追いかけて屈服させにかかるだろう。それは今までの仕打ちでよくわかっている。

「つれないですね。でも、そんなあなたも魅力的ですよ」

彼は部屋に入ってくると、ブランシュから少し離れた椅子に座る。

「また私を辱めに来たのですか」

そう言うと、彼はおや、と意外そうな顔をした。

「もしや、兄上から何も聞いていない？」

「……何をですか」

「ブランシュ様が、たくさんの男達と性交させられる理由です」

直裁に告げられて、ブランシュは言葉を失った。

「それは……ギデオン陛下が、私を貶めたいだけでは」

「ああ、そんなふうに思っていらっしゃるんですかあ」

ヴィンスはうーん、と考えるような表情を見せる。そんな彼に、ブランシュは困惑するばかりだった。

「そうではないのですか」

「少なくとも、あなたを辱めたいわけではないですよ、ブランシュ様」

「――――そんな馬鹿な話があるわけがない！」

思わず声を荒げる。気色ばんだブランシュを前に、けれどヴィンスは穏やかな表情を崩さなかった。

そんな。

あんな目に遭わされたというのに、こちらを辱めるつもりがなかっただなんて。

では、いったい彼はどういうつもりなのか。

「――怒ったお顔も美しいですね」

ヴィンスは呑気にそんなことを言った。

「でも、兄上が何も仰っていないというのなら、僕からお話できることではありません。怒られてしまいますからね」

「いえ、教えてください。私は何故こんな仕打ちを受けているのですか」

「駄目です」

彼はブランシュの詰問を、やんわりと退けた。

「――ブランシュ様」

それからヴィンスはゆったりと告げる。

「この部屋は、後宮にあたるところなんですよ」

「え……？」

それを聞き、ブランシュは不思議に思った。この部屋と庭くらいしか知らないが、あたりは静寂に包まれている。女性の声すら聞こえてこない。ここがギデオンの後宮であるならば、あまたの美姫が住んでいるのではないだろうか。

「兄上は、あなたをここへ連れてくる前に、後宮の女達全員に暇を出しました」

「え――――？」

その言葉に耳を疑う。

「行くところのない者は、侍女として働くことを許されました。今、兄上の寵愛を受けているのは、あなた一人です」

「……」

「それが何を意味しているのか、考えられてもよろしいのではないでしょうか」

言葉を失っているブランシュに、ヴィンスは戯けたように続けた。

「もちろん僕も、ブランシュ様のことが好きですよ。キラの件では本当に感謝しているんです。あなたに祈ってもらえてよかったと」

「……だから私にあのようなことを？」

「それは、あなたはとても扇情的で、魅力的ですから」

皮肉を言ったつもりだったが、ヴィンスには通用しなかった。所詮世間知らずの自分には無理なことだったと、ブランシュは息をつく。

「兄上はあなたを救うつもりなんです」

ヴィンスは立ち上がり、庭へと続く扉へと向かった。廊下の向こうから聞き慣れた足音がやってくる。

「ではまた。ごきげんよう、ブランシュ様」

「あ――」

ヴィンスはそう言うとブランシュに軽く手を振り、庭へと消えてしまう。するとほどなくして部屋のドアが開き、ギデオンが入ってきた。彼はこちらに足を踏み入れると、何かに気づいたように部屋の中を見渡す。

「誰か来ていたか」

「……たった今、ヴィンス殿が」

そちらから出て行きました、と告げると、ギデオンは軽くため息をついた。

「あいつめ。俺の目を盗んで――」

弟に悪態をつくギデオンの前に立ち、ブランシュは彼を見上げた。

「後宮の女性すべてに暇を出したというのは本当なのですか」

それを聞いたギデオンは僅かに片眉を上げる。

「ヴィンスから聞いたのか」

「いったい何故そんなことを」

「知れたことだ」

彼は至極当たり前のように言った。

「お前を手に入れたからだ」

「――……」

ブランシュは言葉を詰まらせる。この国の後宮がどれほどのものかは知らないが、おそらく玲瓏(れいろう)たる美女が何人も侍っていたのだろう。それらをすべて捨ててしまえるほどに自分に価値があるとはブランシュには思えなかった。

彼は、ブランシュに罰を与えるためにここに連れてきたのだと思っていたのに。

けれど彼はブランシュのためにあまたの女性を手放した。それを嬉しく思ってしまうのは、なぜだろう。

「納得できぬ、という顔だな」

ギデオンがおかしそうに笑った。

「まあいい――。少し出る。これに着替えろ」

その時、彼が手に衣服を持っていることに気がついた。受け取ったものは以前身につけていた神官服に近い形のものだった。

「城の外に出るのに、その格好は多少問題があるからな。俺は構わんが」

「……私はもう神官ではないというのに、なぜこのような服を」

「お前が一番美しく見える服だからな」

ギデオンはそんなふうに言った。ブランシュはその神官服に似た服を見て、今の自分を思い返す。

神からはもう、ずいぶん遠いところに来た。

「外に、行くのですか」

「ああ。馬に乗る。早く支度をしろ」

促されて、ブランシュは手早く身支度を調えた。理由がどうであれ、まともな服を着られるのは助かる。――卑猥な下着はそのままだったが。

着替え終わってギデオンのほうを向くと、彼は懐から何かを取り出した。親指よりも少し大きい、つるりとした水晶だ。表面のところどころになだらかな突起がついている。

「後ろを向け」

「――何を？」

嫌な予感に、ブランシュは後ずさる。だがすぐ後ろはベッドだった。足がぶつかり、尻餅をついてしまう。

「協力的なことだな」

「あ……っ！」

近づいてきたギデオンにいとも簡単にひっくり返され、ベッドに這わされた。服の裾を捲られて、尻が露わになる。下着の片方の紐を解かれて秘部が晒された。

「この間は多少無茶をしたが、傷ついてはいないようだな」

「……っ」

双丘を押し開かれてじっくりと観察され、ぶるっ、と下肢が震える。ギデオンの視線を恥ずかしいところに感じて腹の中が疼くようだった。

「お前はたいした奴だ。どんな欲も受け止め、呑み込んでしまえる」

「……ぁ……っ」

大きな手で双丘を揉まれると声が出てしまう。視線に晒されている窄まりがひくりと蠢いた。

「それでいいんだ、ブランシュ。もっともっと淫らになれ」

「え、あっ…!?」

入り口に異物の感触がして、ブランシュは思わず振り返った。これは男根ではない。

もっと硬いもの。

「何を、入れっ……！」

「ただ馬に乗るだけではつまらないと思ってな」

「んっ……！」

磨き上げられた水晶がぬるり、と挿入ってきた。その瞬間にぞわぞわっ、と肌が粟立つ。内壁を拡げられて甘い痺れが生まれ、熱いため息が漏れた。

水晶がブランシュの中にすっかり収まってしまうと、下着をつけられ、ギデオンは腕を引いて立たせてくる。

「では行くぞ」

「えっ…、このまま?!」

こんな、中に異物を入れられたままで。

ブランシュはそれでも歩こうとしたが、歩を進めると中で水晶が内壁と擦れ、得も言われぬ感覚を生み出してくる。

「……はっ……」

「大丈夫か？　俺が支えていてやろう」

ギデオンが腰に腕を回してくれた。それでも歩く振動はあやしい刺激となってブランシュをじわじわと苛んでくる。城を出るまで誰にも会わなかったが、羞恥と快楽で吐息が乱れた。

ギデオンは城の裏手側にあたるところに馬を待機させていた。ここに来てから初めて庭以外の外に出られて、ブランシュは思わず空を見上げる。火照った頬を風が撫でていくのが心地よい。

「乗れ」

「これでは乗れない……」

そろそろ膝に力が入らなくなってきていた。こんな状態では馬に乗れるわけがない。そう訴えると、ギデオンは肩を竦めてブランシュを抱き上げた。

「なっ！」

「そら、跨がれ」

強引に馬の上に座らされる。すると肉洞の中の水晶をよけいに意識してしまうことになった。

――――これで馬を走らされたら。

これまでの経験から、こういう時に自分の肉体がどんな反応を示してしまうのか、さすがのブランシュも嫌というほどわからされていた。ギデオンはそれを承知の上での行動なのだ。

また、嬲られるのか。

屈辱であるというのに、身体を包むのは甘い痺れだった。後ろにギデオンが乗り、ブランシュは背後から抱きしめられるような格好になる。

「走るぞ」

手綱が引かれ、馬の腹が軽く蹴られた。ギデオンの愛馬は主人の命令に忠実に動き出す。軽い駆け足程度の速度だったが、それはブランシュに大きな影響を与えた。

「……ん…っ、ぁ…っ」

下から伝わってくる振動が。

（こ、これは…っ、駄目だ……っ）

中の水晶が馬が走る毎に中で動き、媚肉を擦る。それは挿入の快感を知るブランシュにとっては耐えがたいものだった。

「は、あ……っ」

ギデオンの腕の中で、ぶるっ、と総身を震わせる。甘い快感が体内からじわじわとブランシュを犯していった。

「……どうした？　そんなに震えて」

背後からギデオンがからかうように囁いてくる。その響きに背中がぞくぞくとわななないた。

「……っ、ぅ」

そんなブランシュの反応をよそに、馬は市街地を走り抜け、街道へと出る。自身の感覚に気を取られていたブランシュは、馬がどこへ向かって走っているのかまったく把握できなかった。

ギデオンは街道を逸れ、草原へと入っていく。やがて現れた木立の中を、少し入ったところで水場に出た。

「――――着いたぞ」

ギデオンは馬を止め、ブランシュを下ろす。

「あ……っ！」

その時にはもう、ブランシュは息も絶え絶えとなり、両膝の震えを止めることすら困難だった。

「う、うっ」

脚の間を愛液が伝うのがわかる。今にも頽れそうな上体を、ギデオンが手近な樹に押しつけた。腰が引かれ、裾が捲り上げられる。

「ああっやだっ……！」

「見せてみろ」

ブランシュは上半身だけで樹に縋り、下肢をギデオンに突き出しているような格好だった。下着をとられ、恥ずかしい場所が外気に触れる感覚がする。木陰になっているものの、今日は天気もよく緑が鮮やかにきらめいていた。そんな中で自分だけがふしだらな姿をしていることが耐えがたい。

だけど今、ここには二人だけだ。兵士達もヴィンスもいない。ここで自分に触れるのは、ギデオンだけ。

ブランシュは自分たちがまだ純粋な欲望だけで触れ合っていた時に戻ったような気がした。

罪悪感すら忘れてしまうような胸の高鳴りと奥底からの身体の熱さ。

ブランシュは、自分が何か取り返しのつかないことを口走ってしまうのではないかと恐れた。

「すごいことになっているな」

「あ、んぁ…っ、あ……っ」

ブランシュの下半身は後ろへの刺激で前がそそり勃ち、先端からしとどに蜜を垂れ流している。水晶を呑み込んだ窄まりはひっきりなしに収縮していた。その度に、突起で肉洞を刺激されているのだ。

「は、ぁう、う…っ、も、もう、許し……っ」

全身が興奮で火を噴きそうだった。彼の視線だけで感じてしまう。ブランシュは口の端から唾液を零しながら喘いだ。背後でギデオンが喉を鳴らす気配が伝わってくる。彼も昂ぶっているのだ。そう思うと、肉洞の奥がきゅううっと締まった。

「……ブランシュ。中のものを自分で出してみろ」

「え……っ」

あまりに無茶だと思った。そんなこと、できるわけがない。

「む、無理…っ」

「お前ならできる。腹に力を込めて出すんだ。……見ていてやるから」

「や、嫌だっ、ああ…っ」

取り乱し、嫌々と首を振る。銀色の髪が陽の光を弾いてきらきらと舞った。ギデオンはそんなブランシュの双丘を優しく撫で上げ、最奥を押し開く。

「上手に出来たら気持ちのいいご褒美をやる。前も触ってやろう」

「……っ」

恍惚に支配されかかった頭の中に彼の言葉が入ってきた。彼に触ってもらえる。ブランシュはわけがわからなくなって、ただ体内の水晶を出そうと、内壁を蠕動させる。どうすればいいかなどわからなかったが、無我夢中で動かしていると、それが少しづつ外に出て行こうとする。

「うっ、くっ、くううう……っ」

内壁を擦りながら移動していくそれに死ぬほど感じてしまう。

「もう少しだ。見えてきたぞ」

「あっ、んっ、はああぁっ」

ブランシュは奥歯を食い締める。水晶は肉環をこじ開け、その形を覗かせ、そしてぼとりと地面に落ちていった。

「は、はあっ、ああ……っ」

ようやっと出ていったそれに、大きく肩を喘がせて呼吸をする。

(なか、じんじん、する)

ずっと刺激されていた肉洞は熱を持ち、うねり続けていた。だが、これでギデオンの言いつけは果たせたはずだ。

だから、ご褒美が――――欲しい。

「……ギデ…オン…っ」

樹に縋りながら振り返り、涙に濡れた目で彼を見つめる。するとこちらを噛みつかんばかりに見ている目と視線があった。その瞬間、双丘を指が食い込むほどに強く掴まれ、熱棒のような男根を挿入される。

「ひあ、あああ——…っ」

真綿で首を締められるような緩慢な刺激に苛まれていたそこに強烈な快感を与えられ、ブランシュはその一突きで達した。股間の肉茎から噴き上がった白蜜が樹を濡らす。

「あっ、あっ、あ——っ、ああっ」

熟れた内壁は突き上げてくる男根に絡みつき、嬉しそうに締め上げた。いっそ幸福感すら感じる。

「ブランシュっ…、いい、か？」

「んんあっ、ア…っ、い、いい、いい……っ」

ブランシュはあたりも憚らず喜悦の声を上げた。ギデオンが腰を打ちつけてくる毎に無意識に腰が蠢く。達したばかりの内壁を擦られてどうにかなりそうだった。

「こっちも触ってやるのだったな」

「ん、ひ…っ、あっあっ！」

ギデオンの手が前に回り、濡れた肉茎を扱かれる。倍増する快感に、ブランシュは縋っている樹にその整った形の爪を立てた。

「あ、あ…っ、うあ、い、一緒、は…っ、んあ、ふあぁぁあ…っ」

前と後ろを同時に責められて耐えられない。ブランシュは肉茎を愛撫する指と中を蹂躙する男根の感触の両方を味わいながら快楽の波に溺れていった。

「あぁあ…っ、気持ち、いい、ぃ……っ」

卑猥な言葉が口から零れる。最奥を抉られる快感にひいひいと啼泣しながら、ブランシュはギデオンの欲を叩きつけられるまで、喘ぎ続けるのだった。


ひんやりと清浄な風が頬を撫でていく。火照った頬を冷ましてくれるそれに意識がふっと浮上した。最初に目に飛び込んできたのは陽の光。眩しくて、もう一度目を閉じた。

「目が覚めたか」

ブランシュは草の上に横たわっていた。だが身体の下にはギデオンのマントが敷かれてある。

「……っ」

さきほどまでの行為を思い出し、反射的に身を竦ませた。だが、あんなことをした割には妙に身体がすっきりしている。彼が後始末をしてくれたのだろうか。そう言えばこんなことをする度に、いつもある程度は清められていたような気がする。これまでは状況のせいもあってあまり気にしたことはなかったのだが。

「……こんな場所で。悪趣味だ」

「そうか？　俺にはここは思い出深い場所なんだがな」

言われてブランシュはあたりを見渡す。ところどころに陽が差し込む木立。目の前に広がる泉。清浄な、ひんやりとした空気。

「……ここは」

覚えがある。

ここは、六年前にブランシュがこの国に来ていた際、ギデオンが連れてきてくれた場所だ。

「思い出したのか？」

「……覚えています」

正気に戻った頭で見てみれば、昨日のことのように思い出される。あの思い出はブランシュにとって特別なものだった。

「お前にとって、とるに足らない出来事なのかと思っていた。国に帰り、大司教となれば忘れてしまうだろうと」

ギデオンの言葉にブランシュは瞠目した。いつも覇気に満ちて尊大な態度である彼が、そんな自信なさげなことを言うとは思ってもみなかった。

「あの時、私はこの泉に落ちて……、濡れ鼠になってしまった」

「そうだ。あれはさすがの俺もびっくりした。お前にあんな抜けたところがあったとはな」

「抜けた、とはひどくないでしょうか」

「では可愛いところと言い換えようか」

そんなふうに言われて、ブランシュは小さく息をつく。

「どうしてここに連れて来たのですか」

「連れて来ては駄目だったか？」

「あの頃は……、私は、まだ無垢でいられた。あんな罪を知らなかった。取り返しのつかないことをして、だから今罰を受けている」

自分がしでかしたことの報いを受けているのだ。

「お前は今、罰のために男に抱かれていると？」

「それ以外ありえません」

ブランシュを犯した兵士達も、そのための装置のようなものだった。彼らに恨みはない。ブランシュが真に憎むべきなのは、浅ましい自分の身体と心だ。口に出すのも憚られるような目に遭いながら、それでもギデオンの側にいられるのを喜んでいる。今更アランティアには戻れない。戻りたいとも思わなかった。

肉体を、いや、心まで暴かれ、自分がいかに淫らな存在なのかを思い知らされる。それはブランシュにとって耐えがたいことだというのに、それに興奮してしまう自分もいる。

「なるほど」

ギデオンは前を向いたまま言った。

「ではお前は、すくなくとも六年前の俺とのことをずっと忘れられなかったというわけだ」

「――――忘れられるわけがない!!」

ブランシュは声を荒げる。ずっと心の奥にあった思いが口をついて出た。大司教として正式に位に着くときに受けた『信仰処置』によって、心の平安を保つことは容易なはずだった。六年前の出来事を思い出しても、すぐに心の奥底に沈めることができた。そうやって大司教としての職務をこなしてきたのだ。

だが、男に犯され、快楽を与えられ、自分の中の淫蕩さを引きずり出されてからというもの、ブランシュの心はひどく波立っている。

「あなたが――――、ギデオンが、私をかき乱している。もう、どんな気持ちで聖職についていたのか、思い出せないくらいに」

ブランシュが俯くと、長い銀の髪が顔を隠した。込み上げてくる激情に耐えていると、ふいにその髪をかき上げられ、びくりと肩を震わせる。

「覚えていたのか。ずっと俺のことを」

ギデオンの腕が回り、ブランシュの肩を強く握りしめた。それこそ、痛いくらいに。

「ずっと覚えていたんだな」

「……覚えて、いた」

何度も念を押すように聞いてくるギデオンに気圧されるように頷いた。

「そうか」

その時に彼が見せた表情は、どこか嬉しそうだった。

「お前は今、俺にかき乱されていると言ったが、それは俺の台詞だ」

まだ熱が残っている頬に、ギデオンの指が触れる。

「六年前、お前が去ってから、俺の頭の中にはずっとお前がいた。どんな激しい戦に勝っても、どんな女を抱いても満たされることはなかった。いつも餓えていた。六年もの間ずっとだ。それがどんなことが、お前にわかるか」

「……っ」

燃えるような熱を孕んだ告白を受け、ブランシュは息を呑む。心臓が止まりそうになり、それから早鐘のように心臓が鼓動した。

「……けれど、それなら」

ブランシュは首を振る。

「どうして私をあんな目に。あんな……他の男に与えるような……っ！」

もしもギデオンが自分を好いてくれているのなら、どうして名も知らぬ男達に陵辱させるのか。ブランシュにはそれが、どうしても理解できなかった。

「わからないのか」

わかるわけがない。かぶりを振ると、彼はじっとブランシュの瞳を見つめてきた。

「お前が受けた『信仰処置』というやつだ」

「……え？」

ギデオンの口からその言葉が出てきて、ブランシュは虚をつかれる。

「……記憶を消されているのか。なるほどな」

「どういうことだ」

頭の中で何か大事なことが浮かび上がりそうになっては消えていく。もう少しで思い出せそうなのに、ひどくもどかしい。自分の知らないことを、この男は知っているのだろうか。

「お前を手に入れるためにはどうしたらいいのか、俺はずっと考えていた。そしてまず手始めに行ったのが、アランティアの神官どもの買収だ。あいつらはもともと腐敗していてな。金をくれてやったら、あっさりと情報を寄越したぞ」

「――――」

ブランシュは息を呑んだ。アランティアは穏健な国とはいえ、決して軍が弱いわけではない。あまりにも容易く国を占拠されたことを、ブランシュは不審に思っていた。だが自分は軍事や政治の専門家ではない。何か致し方ないことが起こったのかと思っていたが、まさかギデオンと神官達が通じていたとは。

「お前が責任を感じることはない。何せお前は、世俗のことなど耳に入れないようにされていた」

ブランシュは眉を寄せる。確かにアランティアの大司教とはそういった存在だった。神殿の奥でひたすら祈りを捧げ、魂を無垢に近づける。そしてその命が尽きれば最後のお役目を果たすのだ。

「では聞くがブランシュ」

ギデオンは少しもったいぶったような、ゆっくり言い聞かせるような口調で告げた。

「お前の前の大司教、そしてその前の大司教は、いつ死んだ？」

「え――――？」

ブランシュは最初、ギデオンが何を聞いているのかわからなかった。彼はどうしてそんなことを聞くのだろう。ブランシュは、一度もそんなことを考えたことがなかった。そう、一度も。

「知らなければ教えてやろう。お前の先代も、その前も、その前の前も、すべて二十五で生涯を終えている」

それが何を意味するかわかるか？　と彼は続けた。

「お前が受けた『信仰処置』とやらは、若い命を強引に絶ち、その魂の力を使ってアランティアに守護結界を張る術だ」

「――――」

「六年前、お前はそのことを覚えていた。だが今は忘れている。それはそのように記憶を操作されているからだ。命の刻限を前にして取り乱すことのないようにな」

その瞬間、頭の中の霧がぱあっと晴れる。

サランダから帰国した後、正式に大司教になる儀式のため、聖堂の地下に連れて行かれた。いよいよ信仰処置が始まるのだ。

陽の光の差さない部屋には、壁一面に歴代の大司教の肖像画が描かれている。どれも皆若い。皆、二十五歳で命を終えたからだ。

司教の一人が、ブランシュの頭に銀で出来た環を載せる。

『これより信仰処置の儀を執り行う』

『はい』

『お前がこれから大司教としての責務を滞りなくこなすための儀式だ。心して受けよ』

そう告げられて、ブランシュは素直にその儀式を受ける。司教が術書の言葉を唱えると身体が動かなくなり、次第に意識が薄れていった。目を閉じると自分がどこか果てない闇の中へゆっくりと落ちていくような感覚がする。ブランシュは恐怖を覚え、上に行こうともがいた。だがそれは叶わず、ずっと落ちていくのみだった。

やがて闇の底に何かが見えてくる。目を凝らすと、そこには無数の鎖がひしめいていた。

ブランシュはその鎖の海に落ち、手脚を、肉体をがんじがらめに縛られる。

これは何。嫌だ。捕らえられる。動けない――――。

魂による守護はもっと穏やかな、慈愛に満ちたものだと思っていた。だが、これは何だ。まるで煉獄(れんごく)から伸びる鎖ではないか。

動揺するブランシュの視界に、やがて何かが見え始める。

自分と同じように身体中に鎖が巻き付き、自由を奪われている誰か。そんなような人間が何人も宙に浮かんでいた。

ブランシュは咄嗟に気づく。あれは、あの人達は、歴代の大司教だ。

自分もあんなふうに永遠に捕らわれる運命なのだ。

思わず悲鳴を上げようとした時、ブランシュははっと意識を取り戻した。周りを取り囲んでいる神官達がブランシュに問いかける。

『何か見たか』と。

少し考えたブランシュは、やがて首を横に振るのだった。何か夢を見たような感じがするが、何も覚えてはいない。

『いいえ。何も見ておりません――』

「それが『信仰処置』の正体だ」

ブランシュの魂は、あの時に捕らえられたのだ。そして刻限が来ればその命は絶え、英霊として守護結界を維持するために魂の力を捧げ続ける。力を失ってもその魂が解放されることはない。

「だからこそアランティアの民は、大司教を無条件で崇拝し信仰する。それはそうだろう。自分達のために身命を投げ打ってくれる存在だからな。だが結局、アランティアは我が国に侵攻された。その儀式は意味がなかったというわけだ」

ブランシュはやりきれなさにため息をつく。

「……だとしたら、これまでの大司教達は、ただむやみに命を奪われていたということか。それは、あまりにも――」

あまりに非道だ。知らなかったとはいえ、自分はそのようなものを何年も信じていたのか。

「……俺には法力はないから実際のところはわからん。司教達が言うには――」

信仰処置によって大司教達の魂が、結界の維持のために使われるというのは真実だ。だが長い年月により、教会は腐敗し、そのために護りが弱くなっていた。結界の維持にはそれなりの法力を注ぎ続ける必要があるが、きっとそれも疎かになっていたのだろう。サランダのような屈強な軍に攻め込まれればひとたまりもない。

「そして、お前はどうして今こんな目に遭っているのかと聞いたな。そのためだ」

ギデオンが意味のわからないことを言う。

「先ほど、アランティアの神官達に金をやって情報を得ていたと言ったろう。その『信仰処置』を解除するにはどうしたらいいのかを尋ねた」

口を割らせるのに少しばかり苦労した、と彼は続けた。

「『信仰処置』は神との契約。アランティアの主神は純潔の神マゼール。であれば、神に嫌われればいい。純潔の神に嫌われる。つまり、穢れることだ」

「――――！」

ブランシュの胸を衝撃が貫く。

「わかるか？　淫蕩に耽り、自堕落な欲に溺れる――――。これ以上に身を穢す行いはあるまい」

「私……は」

ブランシュの唇が震える。

「私は、処置を受ける前にあなたと――――」

自分はとうに純潔を失っていた。最初から資格などなかったのだ。ブランシュは膝の力が抜けていくような感覚を覚えた。ふらついた身体を、ギデオンが支える。顔を上げて彼を見上げた。

「そうだな」

ギデオンは神妙な顔で頷いた。

「だが、儀式自体は成立してしまった。どうやらお前は特別な大司教だったらしい。儀式が成立してしまった以上、神に嫌われるにはまだ穢れが足りない」

だからギデオンは、兵士達や弟に嬲らせることで神との契約解除を狙ったのだ。

「……だから、あんな……？」

「お前はもうすぐ二十五になる。時間がなかった」

「……っ」

喉がひくりと動く。うまく唾液を呑み込めなくて、ブランシュは軽く咳き込んだ。頭の中が激しく混乱している。

「……私を、生かすため……？」

「そうだ」

目眩を感じた。ブランシュは首を振り、そんな、そんな、と何度か呟く。

あの屈辱的な行為は、すべてブランシュを『信仰処置』による命の期限から守るためだったというのか。

「どうして黙っていたのですか」

「言ったら素直についてきてくれたか？　それを受け入れたか？」

「……」

彼の言う通りだった。大司教の地位にいるままでそんなことを打ち明けられても、ブランシュはきっと運命に殉じただろう。

今どうにか話を聞いていられるのは、アランティアを侵攻され、たった一人でサランダに連れて来られたからに他ならない。ギデオンはブランシュに拒絶されるのを承知の上で、強引にここに連れてきたのだ。

「どうしてそんな、だいそれたことを」

「お前が欲しかったからだ」

きっぱりと告げられ、胸がつまる。

「本当であれば、誰にも触れさせたくないものを……」

首の後ろを掴まれ、噛みつくような口づけに襲われた。

「んう…っ」

強引に入ってきた舌に舌を搦め捕られ、強く吸われると、身体が心から熱くなってくる。

たった今したばかりなのに。そう思うのに止められなかった。彼の気持ちをわからせるように口の中をしゃぶられ、さんざん甘い呻きを上げさせられた後、ようやっとギデオンは離れてくれた。ブランシュはそっと震える瞼を開ける。

「……お前の生まれ日は来月だったな」

教えた覚えもないのに、ギデオンはブランシュが生まれた日を知っていた。

「それまではお前を徹底的に穢す。そして術が解除できたら、お前を俺の花嫁にする。異存はないな？」

「ま、待ってほしい」

立て続けに衝撃的な内容の話ばかりをされて、ブランシュはついていけない。

「私が魂の縛りから抜けることで、アランティアに何か災いが起きないだろうか」

そう言うと、ギデオンは呆れたように片眉を上げた。

「お前のことを生まれた時から搾取しようとしていた国だぞ。心配する必要があるか？」

「民は何も悪くない」

彼らは無条件にブランシュを崇拝していただけに過ぎない。

「知らないということも罪だぞ」

「何百年もそう教えられていたのです。仕方がありません」

ギデオンはため息をついた。

「……知らん。どうもならないのではないか」

「どうも、とは」

「元々守護は弱体化していたのだから、いいことも悪いことも起こらないだろう」

「……そう願いたい」

いずれ、犠牲になった大司教達のために祈りたいと思った。自分にそんな資格がないことは重々承知の上で、それでも。

「では、お前は俺の花嫁になるということでいいな」

「ま…待ってください」

まだその件があったかと、ブランシュは慌てて制した。

「私は花嫁にはなれません」

「俺のことが嫌だということか」

そういうことではないのだが、ブランシュは言葉に詰まってしまう。

「お前は俺のことを恨んでいるのかもしれない。理由はどうあれ、ひどいことをしているという自覚はある。だがそれでも、俺はお前を手離せない」

真っ直ぐな言葉だった。背景を知ってしまえば、彼はいつもブランシュのことを考えていてくれたのだ。たとえ自分が悪者になっても。

「ブランシュ」

ギデオンの声が、脳髄に絡みつく。

「俺の花嫁となってくれないか」

今になってそんな聞き方をするのはずるいと思った。

「だ、だから、男の私では花嫁にはなれないと――――」

「それなら別に気にする必要はない」

「え？」

サランダでは、同性同士の婚姻が認められているのだろうか。だが、彼は事もなげに告げた。

「俺がこの国の君主だ。この俺が認めさえすればいい」

「――」

「むしろお前の気持ちのほうが問題だ」

「わ、私は――」

「やはり、嫌か。俺のことが憎いか」

「――違う」

自分でも驚くほど、ブランシュはきっぱりと答えていた。

「ずっと、罰されているのだと思っていた――――。でも、違うのなら」

「罰など与えていない」

「私は何も知らず、ただ安穏と祈るだけの日々を過ごしていた。先ほどあなたは知らないことは罪だと言ったが、まさに私がそれに当たる」

自分が情けなかった。悄然とするブランシュだったが、ギデオンははっきりと言った。

「それでもお前の存在が支えになり、癒やしになっていた民の存在は多かったのではないか」

彼にそんなことを言ってもらえるとは思わず、ブランシュは瞠目する。

「だがお前のことはもう俺が攫ってしまった。アランティアがまた次の大司教を立てるか、それとも新たな信仰の道を模索するか……。それはアランティア次第だな」

そうかもしれない、とブランシュは思う。だからと言って今自分ができることは何もないのだが。

「そしてお前にはもう少し恥ずかしい思いをしてもらわねばならん。術を解くためにな」

「も、もう、嫌だ」

事情を知ってしまった今、男達に身を任せるのは致し方ないことだとわかっているのに、よけいに羞恥が強くなる。

「駄目だ、耐えろ。……俺も耐えている。許せよ」

手を握られて指先に口づけられ、どきりと胸が高鳴った。六年前と同じ、いやそれよりも大きな鼓動は彼に聞かれてしまうのではないかと思うほどだった。

「か、勝手な、ことを……っ」

「ああ、そうだな。俺は勝手なんだ。だがお前が俺の花嫁になったなら、いくらでも言うことを聞いてやる」

そんなふうに言われたら、絆されてしまいそうになる。あんなにひどい目に遭わされたというのに。――――そしてそれは、まだ続くというのに。

けれど自分だけが運命から逃れていいのだろうか。これまで役目をまっとうし、生涯を終えていった大司教達は。

それを思うと、ブランシュはまだ心を決めかねるのだった。


「……っく、ふ、ああ…っ」

火照った身体を緊縛した縄がギシリ、と軋む。まるで強く抱きしめられているような感覚に、ブランシュは喉を反らして喘いだ。

「はあ…ああっ……」

下から肉棒が貫いてくる。深く体内を穿つそれは、ぐち、ぐち、と淫らな音を立てながら濃厚な愉悦をブランシュに与えていた。身体中が甘く痺れる。

「どうです、気持ちいいでしょう。中がきゅうきゅう締めつけてきますよ」

ブランシュを後ろから突き上げている男に卑猥な言葉を投げかけられる。大きく開かれた内股に、男の指が食い込んでいた。

「ああっ…、そこっ…、そんな、に、捏ねたら…っ」

両の乳首は違う男達によって指先で摘まれ、執拗に捏ねられていた。刺激に尖り、ぷっくりと膨らんだ突起は敏感で、ほんの少しの愛撫にも耐えられない。

「ブランシュ様のここ、とっても感じやすいですねえ」

「捏ねるのが嫌なら、こうして弾いてあげましょうか」

勃起した乳首を指先が何度も弾く。違う種類の快感が乳首から全身へ流れ、背中が大きく仰け反った。

「あっ、あっあっ、い、ぃぃ…っ」

快楽に弱いブランシュは、責められると抗えない。秘められていた淫蕩と被虐が顔を出し、いやらしく振る舞ってしまう。

そしてそんなブランシュを、食い入るように見つめる一対の目があった。

――ギデオン。

彼は狂宴が行われているベッドから少し離れたところに座り、乱れるブランシュを眺めている。これがブランシュを救う行為だと教えられ、受け入れろと諭された。許せと、仕方がないのだと言う彼は、これを見てどんな気持ちでいるのだろうか。

「ここもぐっしょり濡れて」

「んん、ひぁうっ」

股間でそそり立ち、先端からの愛液でしとどに濡れているものを指先でつつうっと撫で上げられる。

「こんなにおっ勃てていたら苦しいでしょう。舐めて差し上げましょうか」

「あっ、あっ…」

挿入されながら口淫された時の快感を思い出し、ブランシュの腰がねだるように揺れた。知ってしまった悦びは、なかったことにはできない。

「おねだりしてみてください。舐めて欲しいって」

男はブランシュから淫らな言葉を引き出そうとする。恥ずかしさに身体が燃え上がるように熱を持ち、必死に首を横に振った。けれどその快楽が欲しいと、身体中が訴えていた。

「ほらブランシュ様。言ってくださらないと、ずっとこうしますよ」

「ひぁ、んうっ…、あぁぁあっ」

男の指先がブランシュの先端をくすぐる。たまらない刺激が全身を駆け抜けた。

「んん、やっ、あっあっ…！　な、舐め…て、くれっ」

耐えられずに哀願すると、男は満足そうに笑い、ブランシュの股間に顔を近づける。

「たっぷりしゃぶって差し上げますよ」

男の舌先が伸びて肉茎の裏側を舐め上げてきた。

「あっ…、ひ――…！」

ぬるぬるとした感触に包まれ、擦られ、吸われる。身体の中心が引き抜かれてしまいそうな快感にブランシュの秀麗な顔が歪んだ。

「あっ…！　あっ…！　んあぁあんっ」

その間もずっと男のもので中を突かれ、乳首を転がされ続けている。

（頭が、おかしくなりそうだ）

強烈な快感に揺さぶられ、翻弄される。ギデオンの目の前で。

「あ、ア…！　す、ごい、いい…っ、気持ち、い……っ」

絶頂が次から次へと押し寄せてくる。

ブランシュはあられもない声を上げながら、その波に呑まれていった。


めずらしく静かな夜だった。

ギデオンも男達も、ヴィンスも来ない。三日に上げず誰かに抱かれていたブランシュにとって、こんな穏やかな夜は貴重だった。

（生まれ日まで、あと一週間か）

二十五で命を終える予定だった自分は、その時本当に生きながらえているのだろうか。

死ぬのは怖くない。信仰処置によって忘れていたが、幼い頃からそれが当然だと思っていたからだ。ブランシュにとっては、むしろその後も続く未来のほうが恐ろしいもののように思えた。

（二十五を迎えたら、彼と生きていくことになるのか）

それは想像もしていなかったことだった。いったいどんな未来になるのだろう。

――――だが、私にその資格があるのか。

大司教としての役目をまっとうしなかった自分は、果たして許されていいのだろうか。自分一人だけおめおめと生き延びて、好いてくれている男とともに生きるなどと。

灯りを落とした自室のベッドで丸まりながら、そんなことを考えてしまう。やがてうつらうつらしていると、ふと意識の隅に何かの物音を捕らえた。

「……？」

カタン、という小さな音だった。鳥か、それとも風が起こした音か。だがその音は、ブランシュの意識を妙にはっきりと覚醒させる。庭へと続く扉が静かに開けられた。月明かりが部屋に差し込む。

「――――！」

ブランシュは上体を起こし、暗がりの中で目を凝らした。

「誰だ」

そこにはっきりと浮かび上がった人型のシルエットに向かって誰何する。

「お久しぶりです、ブランシュ様」

「!?」

影は自分の名を知っていた。近づいてきた者の姿を見て、ブランシュはあっと声を上げた。

「――――エルダ」

それはアランティアで自分を慕ってくれていたエルダだった。彼はサランダが侵攻してきた時、最後までブランシュの側にいようとしてくれた。あの後どうなったのか気にはなっていたのだが。

「エルダ……、どうしてここに」

ベッドから降りたブランシュは、彼の側に寄ろうとした。だが、その手に持つものを見てはっと足を止める。

エルダの右手には短剣が握られていた。

「……私を殺しにきたのか。司教達に命じられて？」

二十五歳になれば命を失うのに、わざわざ殺させに来たのはなぜだろう。祖国の現状が気になった。

「アランティアは今どうなっている」

「サランダ軍は……極少数をのぞいて退いていきました。王都はほぼ平常に戻っています」

「……そうか」

ギデオンは無益な殺生や略奪をしないでいてくれたのだ。約束を守ってくれた彼に感謝する。

「神官達は」

「司教達の多くが戻ってきて表向きは平静を保っていますが、非常に混乱しております。英霊達がいなくなったと。そして次の神の子も選出されていません」

「……」

こちらは無事というわけにはいかなかったようだ。何より次の大司教となる『神の子』が見つからないというのは問題だろう。

何故見つからないのか。それは、ブランシュがまだ大司教の資格を失ってなく、生きてここにいるからだ。

「……やはり、私が死ななければならないというわけか」

英霊の守護が消えた今、一刻も早く新しい英霊が必要なのだ。その英霊とは、ブランシュのことだ。自分がここで命を捧げれば、少なくとも神を裏切った後ろめたさからは解放される。愚かなことではあるが。

もともと死ぬ運命だったのだから、殺されても仕方ないだろう。

しかし、サランダの警護は厳重なはずだ。おまけにここは城の奥に位置しているから、忍び込むにもいくつもの護りを突破してくる必要がある。若い神官にすぎないエルダに、その技術があるとも思えないが。

（まあいい）

それよりも、ブランシュを殺した後、彼がまた無事にここから出られるようにしないといけない。エルダは命令に従っただけで、若い彼に罪を負わせるのは酷なことだ。

「エルダ、どうやってここまで入ってきた？」

ブランシュが尋ねるが、エルダは答えなかった。俯いたまま、何やらぶつぶつ呟いている。

「……エルダ？」

「――……、～～、……」

「え……？」

様子のおかしいエルダに近づこうとして、ブランシュはその気配に気づいた。

――何だ、これは。

エルダの全身から、異質な気配が立ちのぼっている。彼はすでに自己の意識をなくし、ただうつろな表情で虚空を見ていた。

「……何を憑けている、エルダ!?」

ブランシュがそう詰め寄ろうとした時だった。部屋のドアが勢いよく開けられ、ギデオンが兵士と共に駆け込んで来る。

「ブランシュ、無事か」

「ギデオン……！」

「まさかこんなところまで入られてしまうとはな。後宮にいた侍女が手引きしたらしい」

　つい先日、ギデオンが後宮にいた女性全員に暇を出したと聞いた。何人かは侍女として城に残ったらしいが、おそらくそれを恨みに思った女性が、エルダを招き入れたのだろう。

　ブランシュはその時、ヴィンスの下にいた侍女のことを思い出した。自分のことを敵意の籠もった眼差しで見ていた彼女。

「ここまで入り込めたのは褒めてやろう。だが残念だったな」

　ギデオンがすらりと剣を引き抜く。

「ギデオン。彼はおそらく命令に従っただけだと思います。捕らえるなとは言いませんが、寛大な処置をしてあげて欲しい」

　ギデオンはブランシュをちらりと見た。ひどく不機嫌そうな色がその顔に浮かぶ。

「お前に害をなそうとした時点で死に値するものを」

「お願いします」

　それでもブランシュは食い下がった。ギデオンの眉間に皺（しわ）が寄る。彼は大きくため息をついた後、わかった、と言った。

「捕らえて投獄しろ」

「はっ！」

「……待て、何かおかしい！」

エルダの様子がおかしいことに気づいていたブランシュが止めようとする。

だが彼らはギデオンの命令に従った。エルダを取り囲んだ兵士達が騒めく。

「どうした」

「こ、こいつ、何か変です！」

見れば、エルダを捕らえようとした兵士が床に転がっている。まるで見えない力に弾き飛ばされたように。ギデオンの表情が険しいものに変わった。

「――――貴様、何かくっつけているな……？」

エルダはさっきと同じ姿勢のまま動かない。だが、唐突に身を翻すと、彼は庭園に続く扉に体当たりするようにして出ていった。

「逃がすな！」

ギデオンと兵士達が後を追う。ブランシュもそれに続いた。

庭に出ると急に風が出てきて花や樹木を揺らす。紺色の夜空には丸い月がぽっかりと浮かんでいた。冴え冴えとした、青い月。

エルダは庭の中央で立ち止まり、こちらを見ていた。彼の身体から白い煙（けむり）のようなものが立ちのぼっている。最初は彼が燃えているのかと思ったが、違う。

「な、何だ……あれは」

「何の光だ？」

兵士達が疑念を口に出す中、ブランシュは一人息を吞む。

「あれは、魂の波……！」

神に仕えてきたブランシュにはわかる。あれは肉体を持たない存在、かつて人であった者の魂だ。

エルダが憑けているそれは数が尋常ではない。魂から溢れ出す力が光となって、まるで蝋燭（ろうそく）のように、そこいらに灯っていく。

「ブランシュ、どういうことだ！」

ギデオンの声に答えることもできない。頭の中は、まさか、という思いでいっぱいになっていく。

――――まさか。ああ、そんなことが。

次の瞬間、エルダの中からいくつもの光の塊が飛び出し、上空に並んでいく。

それは次第に人の形になる。

いくつもの人型の光が、庭園からブランシュ達を見下ろしている。

「弓だ！　矢を放て！」

兵士長の号令を受け、何本もの弓矢が人型の光に向けて射かけられた。だがそれは人型をすり抜けて地面へと落ちていく。

「――――あれは何だ」

ギデオンが隣で人型の光を睨みつけながら改めて問うた。ブランシュは身体の前で組んだ手を強く握りしめる。

「アランティアの、英霊達」

「……歴代の大司教というわけか」

「そうです」

同じ大司教のブランシュにはわかる。魂に強い繋がりを感じる。自分ももう少しすれば、あの中に加わるはずだった。

英霊達の表情はわからない。だがブランシュには、彼らが自分を責めているようにも思えた。

「守護結界の維持には大司教の魂だけでなく神官の祈りが必要だが、サランダの侵攻によって一時的とはいえ神官がばらばらになったことで、英霊達が鎖から解放されたのだろう。エルダに取り憑いたのは、きっと私に何か言いたいことがあるのだ」

そのエルダはと言えば、尋常ではない数の大司教の魂を背負ってきたせいか、その場に倒れ伏してしまった。おそらく心身が消耗しているのだろう。

「――――」

ブランシュは英霊達の下に一歩踏み出す。

「ブランシュ！」

ギデオンが腕を掴んだ。振り返ったブランシュは、彼に向かって告げる。

「この場は私がどうにかしなければおさまりません。あれらには剣も弓も効かない」

「どうするつもりだ」

「わかりません。けれど、これは私がやらなければならない」

「まさか、あいつらに連れて行かれるなんてことはないだろうな。そんなのは許さんぞ」

絶対に許さん、と彼は繰り返した。その表情にはこれまで見たことがない必死な色が浮かんでいる。

ブランシュはそんな彼に向かって微笑んだ。

「私の命を惜しんでくれたこと、そして尽力してくれたこと、感謝します」

「――――」

彼は虚を衝かれたような顔をした。そして腕を掴んでいる手から力が抜ける。ブランシュはするりとその手から抜け出した。

兵士達は固唾を呑んで見守っている。

英霊達は攻撃するでもなく、ただ上空に浮かんでこちらをじっと見下ろしていた。ブランシュはその下に歩いて行く。そして倒れているエルダに屈み込み、その呼吸が正常に繰り返されていることを確かめると、立ち上がって英霊達を見上げた。

「――――怒っておられるのか」

ブランシュが『信仰処置』を外れ、一人生き延びようとしていること。その身を穢してしまったこと。

ブランシュは自分から役目を逃れようとしたわけではない。けれど間違いなく自分のやったことだ。

「私はもう英霊にはなれない。その資格がない。国を護る守護結界も消失してしまった。その責は私にある」

守護結界の維持には神官達の祈りが必要だ。それ故にアランティアの神官は力を持ち、時に国政にも口を出せるほどの権力を持つようになった。腐敗が始まったのはおそらくその頃からだ。

あの日、ギデオンと情を交わさなかったなら。

アランティアはサランダに侵攻されることもなく、ブランシュも大司教としての役目をまっとうし、次の大司教に繋げていただろう。

「私がすべての元凶だ。だから私の下に来たのでしょう?」

私を連れて行くために。

――――自分は罪なことばかりしてきた。きっと地獄に堕ちるだろう。

それでも、どんなに罪深くとも。

彼と情を交わしたことを、後悔はしていない。

英霊達がブランシュに近づいてきてぐるりと取り囲む。

ブランシュは彼らに向かって手を伸ばす。英霊の一人からも手を伸ばされ、それが触れ合おうとしていた。

「――――やめろ!!」

だがその時、怒号が辺りに響き渡る。ギデオンだった。彼はブランシュの下まで走ってくると、その身体を強く抱きしめた。周りを取り囲む英霊達を睨みつける。

「こいつを連れて行くな、これは俺のものだ!!」

「……ギデオン」

いつも泰然としていて、余裕たっぷりな態度を崩さなかった彼が、こんなふうにブランシュを奪われまいとあがく姿を見せている。そのことにブランシュはひどく驚き、胸が締めつけられた。

――私は、彼を愛している。

英霊達はじっとこちらを見ている。何も言葉を発さないのが不気味だった。取り囲む輪が狭くなる。

「どうしてもと言うのであれば、俺も連れていくがいい」

唸（うな）るように告げるギデオンに、泣きたくなるような想いが募る。

本当は、このまま彼と共にありたい。そう願うのは、また罪を重ねることになるのか。

だがブランシュは、ふと妙なことに気づいた。

てっきりこちらの命を奪いに来たものだと思っていた英霊達が、いっこうに攻撃しようとしてこない。

「――待ってくれギデオン。何か変だ」

ブランシュは彼らが何をしようとしているのか見極めようとした。

『――それは罪ではない』

その時、ブランシュの頭の中にそんな声が聞こえてきた。思わず顔を上げたブランシュの視界に、肖像画で見たかつての大司教達の姿が映る。

『愛も欲も、人の自然な摂理。それを抱くことは誰にも咎められない』

『我らは本来そういった人の営みを護るために存在していた』

「──けれど、私は欲に負けました」

ブランシュは最初から堕落していた大司教だった。こんな自分が民の安寧を護るなど、できるはずもなかったのだ。

『それでよい』

だが英霊の一人が言った。

『清濁併せ呑んでこそ人の生。欲を内包したお前だからこそ、民の幸せを真に願うことができたのだ』

「……」

『今、私達がお前に望むことはただひとつ』

彼らは言った。

『お前の祈りで、我々を神の下に送って欲しい。最後の大司教になるであろうお前に』

「え……？」

思ってもみなかった言葉だった。ブランシュは周りを――かつて大司教だった者達を見回す。彼らは光に包まれながら、穏やかに微笑んでいた。

「待ってください。私にそんなことが――」

できるわけがない、と言いかけて、ブランシュは言葉を呑み込んだ。

これは、私がやらなければならないことだ。神官達の祈りが途絶えたことによって鎖から解き放たれた彼らは、このまま放っておけば永遠にこの世を彷徨(さまよ)ってしまうことになるだろう。そうなる前に神の許に送ってやらなければならない。

罪を重ねてきた自分に何かできるとすれば、これだけだろう。そしてこれが、ブランシュの大司教としての最後の仕事になる。

「ブランシュ？」

ギデオンには彼らの声が聞こえないのか、訝しげにこちらを覗き込んでくる。そんな彼に頷いて見せて、ブランシュはその場で祈りを捧げた。深く集中し、周りと自分とを遮断するように努める。修行時代、幾度もやっていたことだ。

「あなた方の魂が神の許に召されますように」

目を閉じているのに、近くにいる英霊達の存在をはっきりと感じることができる。ブランシュが一心不乱に祈っていると、一人、そしてまた一人と、光の粒となって天空に消えていった。

どれだけ時間が経ったかもわからない。それでも最後の一人になった時、彼はブランシュに向かって微笑んでくれた。目を閉じていたが、そんな気がした。

『ありがとう』

これで我々の役目はもうすっかり終わった。

『君はこの世界で生きて欲しい』

どんなに罪にまみれようとも。

そうして最後の大司教が光の粒となって天に消えた後、ブランシュはそのまま意識を失った。


目を覚ました時、もう見慣れた自室のベッドの天蓋(てんがい)が目に入った。側にギデオンがいることに気づく。

「気分はどうだ」

「……悪くないです」

あたりは静まり返っている。あれから少し時間が経過したのだろう。

「大司教達は？」

「俺にはみんな空に消えていったことしかわからん」

「では、全部終わったのですね……」

自分は彼らを神の許へ送ることが出来たのだろう。ありがとう、という最後の言葉が耳に残っている。自分はそんなふうに礼を言われる存在ではないというのに。

（……いや、もうそんなふうに思わないようにしよう）

永い間鎖に捕らわれていた彼らが、やっと安らかに眠れるようになったのだ。それだけで自分が大司教になった意味はあったと、ブランシュは思った。

「いったい何をしたんだ？」

「歴代の大司教の魂を神の御許に送り届けました」

「……あれらを全部か？」

呆気に取られているギデオンに頷いて見せる。彼はしばしブランシュを見つめていたが、やがてふう、とため息をついた。

「お前にはやはり、ただならぬ力があるのかもしれないな。だから俺と寝ていても儀式が成立したのだろう」

「私が出来たのは祈ることだけでした。いつもそうです」

自分が特別なことをしたのだとは思わない。ただ、彼らが安らげるようにと願っただけだ。

「そんなお前が、俺はずっと欲しかった」

ギデオンの手が、ブランシュの手を握りしめる。

「罪を犯すことも、お前に罪を犯させることも厭わなかった。俺がすべて背負っていくと思ったから」

「ギデオン……」

「お前がもうじき死んでしまうとわかった時、なんとしてでも生かさねばと思った。たとえそれが、お前を辱めることになったとしても」

それは熱烈な求愛だった。彼はずっと、ブランシュを求めていてくれたのだ。

「私も……、ずっとあなたに惹かれていたのかもしれない」

自分は何もわからなかった。人を愛すればどうなるのかも。

けれどギデオンが自分を護ろうとして英霊達の前に飛び出した時、はっきりとわかった。ずっと感じていた胸の痛みも、切なさもすべて彼を思う故だったのだと。本当は彼と出会った時から惹かれていたのに、ブランシュはその感情の正体を知らなかった。

そう告げた時、ギデオンが瞠目した。

「それは本当か」

「本当です」

彼のことを思うと身体が熱くなり、心臓が跳ねる。それが怖くてずっと逃げてきた。

「私と一緒に罪を犯してくれますか……?」

彼に問うと、ギデオンは口の端でにやりと笑ってみせた。

「お前とならどこまでも。淫獄に共に堕ちよう」

――ああ、よかった。

それを聞いて、ブランシュは心の底から安堵したのだった。

礼拝堂に燭台の明かりが灯る。

サランダ皇国の主神は戦いと富の神マテル。そのマテルを祀る神殿の礼拝堂で、ギデオンとブランシュは婚姻の儀を執り行った。

皇族、特に皇帝の結婚ともなれば、国を挙げて大々的に祝い、民の前にその晴れ姿を見せるのが本来の姿となる。

だがギデオンはブランシュを大勢の人間の前に晒すのを良しとしなかった。

ブランシュはこれまで民衆に崇拝されていた。それは勝手な幻想を抱かれるということだ。もうそんな役目からは解放したいとギデオンは言っていたが、単なる独占欲だとヴィンスは揶揄(やゆ)していた。そして、ギデオンも特にそれを否定しない。

ブランシュは無事に二十五歳を迎えることができた。つまり、『信仰処置』からは逃れられたのだ。そしてその日を境に、ブランシュはギデオン以外の男に抱かれることはなくなった。その日を迎えて一番ほっとした顔をしていたのは、もしかしたら彼だったかもしれない。

多くの大司教達の魂を連れてきたエルダは、あの夜にいったん投獄されたが、消耗が激しかったため、城の官舎の一室に部屋を与えられ、そこで療養することになった。行き場を失った英霊達が憑いていたのだから無理もないと思う。ブランシュも何度か見舞いに行ったが、彼は城に忍び込んでからの記憶があまりないらしい。だいぶ混乱していたが、次第に落ち着きを取り戻し、回復してアランティアに戻っていった。ブランシュの必死の嘆願もあり、ギデオンが釈放してくれたのだ。神官達の暗示によってブランシュの抹殺を命じられていたエルダは、それを聞いた時ひどくショックを受けていたようだったが、それでも儀式に頼らない信仰により聖堂を立て直したいと言っていて、そんな彼をブランシュは眩しく思った。

祭壇の上にはサランダ皇国の教皇がいる。これまでは自分がそちら側にいたのに、今は逆の立場にいるというのがなんだか不思議だった。

「共にとこしえに歩むことを神の御前で誓いなさい」

「誓う」

「誓います」

ブランシュは白と青の婚礼衣装を纏っていた。長いローブに、白く透き通ったベール。ほとんど露出のない、むしろ禁欲的ですらある衣装だが、むしろそれが情欲をそそるとギデオンが耳打ちしてきた。

ギデオンは皇帝の典雅な婚礼衣装だ。血の色のような緋色のマント。それがサランダの皇帝の礼服らしい。上背があり、鍛えられた体躯を持つ彼に、その衣装はひどく似合っていた。

礼拝堂の中にはヴィンスと限られた貴族のみが参列していた。

「複雑な気分だ」

「何がですか？」

「こんなに美しく着飾ったお前を国中に見せびらかしたいのに、やはり見せたくない。これを矛盾というのだな」

そんなふうに嘯く彼に、ブランシュは困って笑った。

笑ったせいか緊張が解けていく。誓いの口づけでベールを上げられた時、正装のギデオンをまともに目に入れてしまって見惚れてしまった。

「これからは幸せにする」

そう囁かれて、胸が苦しくなった。罪を共有する二人。共に淫獄に堕ちると誓った。これはそれを確認するための儀式だった。


「疲れたか？」

ギデオンの言葉に首を横に振る。

婚礼衣装のまま部屋に戻ると、ギデオンはマントと上着を脱いでソファの背に放り投げ、ベッドの上にどっかりと腰を下ろした。

「お前も脱げ」

ブランシュはベールを取り、ローブも脱いで同じようにカウチの背にかける。婚礼衣装をこんなふうに扱ってしまうのは気が引けたが、目を瞑ることにした。

「来い」

腕を伸ばされて、ブランシュは素直にそこに歩いてゆく。ギデオンの膝の上に抱え上げられると、彼が胸に顔を埋めてきた。

「やっと俺だけのものになった」

その言葉に、胸がいっぱいになる。胸元にある彼の髪に指を絡めると、ギデオンが顔を上げ、ブランシュを見た。

「お前にはまだ詫びてなかったな」

灰色の瞳がブランシュを真っ直ぐに射貫く。

「お前に色々とひどいことをした。それはこれから一生をかけて償う。許してくれ」

「――――」

ブランシュは長い睫を瞬いて彼を見つめる。「許せ」ではなく「許してくれ」と言われたのか。

「……どうした、駄目か？」

その言葉に、思わずくすりと笑みが漏れる。年上で、強くて、多くの人間に恐れられている彼のすがるような顔に、愛おしささえ覚えてしまう。

「もう、いいのです」

強引に連れて来られたことも、名前も知らない男達に肉体を与えられたことも、すべてブランシュのための行動であったことを知ってしまったから、恨んでもいられない。

「それに、ギデオンがそんな言い方をするのは気味が悪いです」

「なんだ、それは」

彼はどこか不満そうな顔をしたが、すぐに意地の悪い笑みを浮かべた。

「意地悪をしたほうがいいと言うのならそうするが」

「…っ調子に乗らないで下さい」

「そうか？」

ギデオンはブランシュを身体から離し、まじまじと見つめる。ブランシュは恥ずかしくなって俯いた。本当は彼に虐められるのが好きなのだと、何をされても嬉しいということを見透かされるようで。

「見せてくれ」

その言葉に、ブランシュは息を呑む。それが合図になったように、身体の温度が上がっていった。

「――――」

震える手で婚礼衣装の裾をたくし上げ、静かに持ち上げる。露わになっていくブランシュの下肢。その股間は、下着をつけていなかった。羞恥に真っ赤になった顔を背け、ギデオンの視線に耐える。

「……式の最中、あんな神妙な顔をして衣装の下は何も履いていなかったというわけか、我が花嫁は」

「ギデオンが、そうしろと……っ」

「ああ、俺のせいだな。だがお前も悦んでいるだろう?」

言われて、ブランシュはそっと目を伏せる。それは肯定を表していた。

「こんなに興奮している」

「あ、ふあっ」

下着をつけていない剥き出しの股間でそそり立っているものをそっと撫で上げられる。ギデオンの長い指はブランシュの肉茎を根元から擦り上げたあと、濡れた先端をくちゅくちゅと音を立てて可愛がった。

「は、ぁ……う、ああ…っ」

「愛液があふれてくるぞ」

「ん、そ…こ、感、じる…っ」

ギデオンの愛撫に恍惚となり、目を閉じて喉を反らす。シーツの上についた膝がぶるぶると震えた。

「ほら、お前の一番好きなところだ」

「ひぁ、あっあっ！　……んんああ…っ」

指先で先端の蜜口をくちくちと虐められ、鋭い快感が全身を貫く。もう衣装の裾を持って姿勢を維持しているのがつらかった。腰が淫らに蠢いて、もっとしてくれと彼のほうに突き出すような動きを繰り返す。

「あう…っ、あう、う……っ、そ、そこ…っ」

「気持ちいいか？」

卑猥な問いかけにこくこくと頷いた。掌で全体を包まれて扱かれて、下半身から甘い痺れが広がってくる。

「可愛いな」

「あ、イくっ、いくっ……！」

その瞬間、首の後ろをぐい、と引き寄せられ、ギデオンに口を塞がれた。舌を絡められて強く吸われた途端、ブランシュは達してしまう。

「んう、うっ、んんんん……っ！」

舌をしゃぶられながらがくがくと腰がわなないた。気持ちがよくて、もう何も考えられない。今ここには彼しかいないのだから、もうどうにでもして欲しくなる。

「は…っ、はっ」

ギデオンの掌はブランシュが吐き出した白蜜で濡れていた。口がようやっと離れた時、ブランシュの視界がぐるりと回転する。ベッドに組み伏せられたのだ、とわかった時には、両脚を大きく開かれていた。

「あっ、んあっ…！」

たった今イったばかりの肉茎が口に咥えられる。びくっ、と大きく腰が跳ねたが、ギデオンの力強い腕に易々と押さえ込まれてしまった。蜜に濡れたそれを彼の舌が丁寧に舐めていく。両脚の震えが止まらなくなった。

「はっ、は、あ…っ、んあぁ……っ、あっ、いい、いい……っ」

特に弱い裏筋を重点的に責められて、ブランシュは快楽を素直に訴える。力強く何度も舐め上げられるのもいいが、舌先でくすぐるようにちろちろと辿られるとたまらなかった。背中をシーツから浮かし、強く布地を握りしめる。

「イイのならもっとしてやろう」

最も鋭敏な先端を指先でくすぐるように弄られる。そして執拗に裏側に舌を這わせられるのだ。

「あぁっあっ！　あぁぁあっ」

強烈な快感に腰骨が灼けそうになる。脚の爪先まで甘い毒のような痺れに侵された。

「ま、またイく、あっ、あはぁあっ、あっ、んあぁぁあっ」

頭の中が真っ白に染まる。腰ががくがくと痙攣した。イく寸前にぬるりと性器を含まれギデオンの口の中に、びゅく、と白蜜を放ってしまう。

「あぁぁ…っ、う、んんんう……っ」

達している間も、一滴も残すまいと強く弱く吸われて、快楽のあまり涙が浮かんだ。だがブランシュはすぐに新たな愉悦に喘ぐことになる。ギデオンはそのままブランシュの双丘を押し開くと、いやらしく縦に割れた窄まりまで舐め上げてきた。

「んぁああっ、そ、それ、は…っ」

「ヒクついているじゃないか」

「やっ、アっ、んぁっ」

そこはもう彼を欲しがり、柔らかく蕩けている。俺を待っているようだな、と囁かれながら舌でねぶられ、肉環をこじ開けて中へと入ってきた。

「あ、あああぁああ……っ」

肉厚の舌で内部を舐められるのは、得も言われぬ快感だった。それと同時に腹の奥がひどく疼き、そこをもっと太くて逞しいものでかき回して欲しくてたまらなくなる。唾液を中に押し込むようにされると、媚肉がひくひくと蠢いた。

「う、挿れ、いれ…てえ…っ、も、いれ…っ」

「……そうだな。俺もそろそろ限界だ」

ギデオンはようやっと身体を起こすと、自身を掴んで引きずり出す。それは獰猛に血管を浮かべて天を衝いていた。

「これはお前だけのものだ」

「あ……っ」

それを目にしてしまい、ブランシュの喉がひくりと上下する。今からこれで犯されるのだ。そのことに全身がぞくぞくとわななく。

「ま…また、挿入られたらすぐイってしまうかもしれない……」

「問題ない。何度でもイけばいいだろう？」

収縮を繰り返す入り口にぴたりと当てられると、それだけで達してしまいそうになる。

そしてブランシュが身構える間もなく、それが挿入された。

「……あ――――〜〜っ」

びくん、びくんと肢体を波打たせながら絶頂に達する。彼の男根は容赦なく内壁をかきわけ、奥を目指していった。ブランシュはそれをイきながら感じさせられる。

「あ、ひ…っ、ああ、うあぁあ…んんっ」

「……っブランシュ、いくぞ…っ」

彼の責めはこれからだった。極みにわななく媚肉を振り切るように、力強く入り口近くから奥までを擦り上げる。

「あ、はっ、あっあっあっ！」

抽送のたびに快感が断続的に押し寄せ、愉悦で身体が破裂しそうだった。ギデオンは息を荒げ、獣のような呻きを漏らしながらブランシュを喰らってくる。熱の塊で体内を貫かれているようだった。快楽が大きすぎて、息ができない。

「ブランシュ……、ブランシュ。俺だけのものだ。これからはなっ…！」

「あ…っ、ああ――――…っ、っ、〜〜っ！」

ギデオンのもので肉洞をかき回されると、ブランシュは簡単にイってしまう。けれど彼は達したからといって抽送の動きを止めてくれることはなかった。そのためにブランシュは正気を失うほどの快感を味わわされる。

「ひ、ぃ、あ…ひいっ、あっ、あぁぁあ…っ、いく、また、いく……っ！」

肉洞の中に、擦られると駄目になる場所がいくつかある。そこをギデオンの張り出した部分で抉られる度に、ブランシュはひいひいと泣き喘ぐ。

「あ…っ、ギデ、オン、っあ、んんあっ、――――っ」

「ブランシュ…っ」

深く口を貪られ、呼吸すら奪われるのは少し苦しい。けれどそれは甘い苦悶だった。頼りなく宙に投げ出された足の爪先がひくひくと蠢く。体内でギデオンのものが一際大きく脈打ち、律動が速くなった。

「中にたっぷりと出してやる。孕むくらいにな…っ」

「や、ああ、うんんっ」

その言葉に内奥がきゅううっと収縮する。彼の存在がはっきりとわかった。

「これから俺の形に造り変えてやる」

「あ、あ…んんっ」

それはもうギデオンだけがブランシュを抱くということだ。二人だけで共有する快楽。それはあまりに甘美な罪の味がした。

ぐりっ、と最奥を彼の先端で抉られる。その瞬間、頭の中が真っ白になった。

「ふあぁ、んああ――……っ！　〜〜っ、〜〜っ！」

　背骨が折れるかと思うほど仰け反り、ブランシュは深い絶頂を極める。そしてギデオンもまた、ブランシュの中に精を叩きつけた。

「う、ぐっ……！」

「んう、んんんっ、んっ……」

　馴染んだ彼の熱い飛沫。それを感じると恍惚としてしまう。ギデオンはブランシュの奥に自分の精を塗りつけるように腰を動かした。

「ああ、あっ……」

　やがて、ようやっと一息ついたのか、身体を起こしたギデオンは汗ばんだ額に乱れかかった髪をかき上げた。自分の下でくったりと身体を投げ出しているブランシュを見て、ふと困ったような顔をする。

「これでは侍従共に叱られるか」

　婚礼衣装がひどいことになっていた。これ以上汚さないうちに、と、ブランシュはギデオンの手を借りてそれを脱ぐ。すっかり皺だらけになってしまったそれを、ギデオンは床に放り投げ、自分もまた衣服を脱ぎ捨てる。

「なんと言って謝ったらいいのだろう」

「気にするな。俺がどやされておいてやる」

そう言って銀の髪を撫でるギデオンの手はくすぐったいほどに優しかった。首筋や肩口に音を立てて口づけられ、まだ行為が終わっていないことを示してくる。ブランシュもまだ身体の熱が冷めそうになかった。何度も口づけを交わしたあと、ギデオンがブランシュを上にする。

「お前が自分で挿れろ」

「あ……」

彼の逞しい胴を跨ぐと、さっき体内に注がれたものがあふれて内股を濡らす。ギデオンの凶器のようなそれは再び頭をもたげていた。ブランシュははあ、と濡れた吐息を漏らす。

「どうすればいいかわかるだろう?」

促され、彼のものにそっと手を添えた。ふっくらと充血して熱を持った後孔の入り口におずおずと押し当てる。途端に、そこから腹の奥にかけて疼いてしまい、きゅうううっと収縮した。

「……っう」

ぬぐ、と先端が挿入ってくる。それだけでも泣きたくなるほどの快感に襲われた。腰を少しずつ落とし、じわじわと呑み込んでいく。

「あ、あ…っ」

「……っ」

「は、挿入って……っ、んっ、あぁぁ…っ」

内股がぶるぶると震える。この体勢だと、自分で弱い場所を刺激できることに気づいた。無意識に腰が動いてしまいそうになるが、あまり強い快楽を得るのは怖い。それでも欲しがる内壁に無意識に押し当て、刺激の強さに慌てて腰を引く。できるだけ慎重に挿入していたのだが、焦れったかったのか、ギデオンが突然腰を掴んできて、下から強く突き上げられた。

「んぅあぁぁっ」

強い快感が脳天まで突き抜ける。ブランシュは彼の上で大きく仰け反った。その間もずんずんと突かれ、奥にぶち当てられて、慎みを失った声で泣き喘ぐ。

「ひ、い…っ、ああんうっ、あっ、奥っ、あっ、やっ」

「この、奥に…、挿れるぞ」

「えっ、あっ、ひううっ」

『そこ』を男根の先端で抉られるとどうにかなりそうだった。気持ちがよすぎて、下半身がどろどろと熔けそうになる。

「こ、こんな、ところ、はいる、わけがない……っ」

「大丈夫だ。お前ならできるさ。さあ、ここを緩めて俺を咥え込め――――」

「――――っ、ア！」

ふいに乳首をいじられ、常ならば閉じている場所がくぱ、と開く。そしてずるずるとギデオンを奥の奥まで呑み込んでしまい、ブランシュは稲妻に貫かれたような快感を味わった。

「んうあぁあぁっ」

ひとたまりもなく絶頂に達してしまう。がくりと上体が崩れ、腰が淫らにうねった。

「あっ、ああっ、これ、すご…っ」

「たまらないだろう？　お前の中も、俺のものに吸いついてくるぞ」

下からどちゅどちゅと突かれる毎に、許容量を超えた快感に貫かれる。続けざまに達してしまい、凄まじい快楽の波にめちゃくちゃにされていく。

そのうち下から突き上げるのがまだるっこしくなったのか、起き上がったギデオンにまた組み伏せられてしまった。挿入ったまま体勢を変えられて、ありえないところをぐりっ、と抉られる。

「くぅ、ひぃ――――…っ」

度を超えた快楽に、ただ泣き叫ぶしかない。身体がバラバラになりそうな極み。けれどブランシュは、確かな幸せを噛みしめていた。

「ブランシュ――ブランシュ…！」

「んっ、ん…っ、んんうっ」

何度も口づけられ、舌を吸われる。こんなに激しく愛され、求められることが嬉しかった。

「もう離さない…、俺だけのものだ」

「ギデオン…っ」

幾度となく繰り返される睦言。彼の執着を全身に浴びて、ブランシュはあまりの幸福に震えが止まらない。

自分達はまるで獣のようだった。けれど彼の前でなら、それも許されるような気がする。どこからどこまでが自分の手脚なのかわからないほどに絡み合いながら、夜の闇の中に堕ちていった。

「兄上、ブランシュ様、本当によかったですね、おめでとうございます」

「ああ」

「ヴィンス殿、様はやめて欲しい」

婚姻の儀から何日か立った昼下がり、ギデオンとブランシュ、そしてヴィンスとでお茶の時間を楽しんでいた。

ヴィンスとは身体を繋げたこともあるだけに、こうして平和な空間を共有できるのがなんだか不思議議で、そして少しだけばつが悪かった。

「ブランシュと呼んで欲しい」

「そうか、一応兄弟になるわけですしね。わかりました。では僕もヴィンスでお願いします」

その会話をギデオンが無表情で聞いていた。

「ブランシュがお前に呼び捨てにされるのはなんだか納得がいかんな」

「えっ、なんでですか！」

彼らの言葉を聞きながら、ブランシュは今更ながらの懸念を恐る恐る口にしてみた。

「少し気になっていることがあるのですが」

「何だ？」

「世継ぎはどうするのですか」

「世継ぎ?」

「私を娶(めと)っても子は出来ません」

そう告げると、ギデオンはああ、と頷いた。

「それならこいつが作る」

彼はヴィンスを指差した。

「ヴィンスが?」

「実は僕には縁談があるのです。隣国の姫で、来年早々には結婚しようかと」

突然の話に、ブランシュは驚きを隠せなかった。

「健康そうな方ですので、子供はたくさん産んでいただけそうですよ」

「そ…そうなのですか。おめでとうございます」

「ありがとうございます」

にこやかに返事をするヴィンスに向かって、ギデオンは皮肉げに告げる。

「正直なところを言ったらどうなんだ? ヴィンス」

「ああ、ええと、そうですね。実はこの結婚は契約結婚みたいなものなんです」

「契約、結婚?」

ブランシュが聞き返すと、ヴィンスはにこりと笑い、内緒話をするように声を潜めた。

「隣国の姫は、実は彼女の女官長と愛し合っているんです。けれど立場上いい条件の国に嫁がなくてはならない。それならと、僕が手を上げたんです。子供さえ産んでくれたら、後は好きにして構いませんよって」

「そしてお前も勝手をするわけか」

「そんなところです」

なので、とヴィンスは言った。

「また三人でしませんか？」

「――――」

「こいつはもう俺だけのものだ」

「いいじゃないですか。兄弟なんだし」

どういう理屈かわからないが、彼はあっけらかんとそんなことを言う。ブランシュは絶句して顔を赤らめた。ヴィンスのことは嫌いではない。ああいう形になってしまったが、禍根は残ってはいなかった。また三人でと言われれば悩みもするが、ギデオンが許せばブランシュ自身は嫌ではない。だが、それはないだろうと思っている。

「ねえ、どうしても駄目ですか？」

「ああ…、まあ、そのうち考えてやる」

ギデオンは面倒になったのか、雑にいなした。

「そういうわけだから、俺は子は作らん。お前と二人だけで生きていく」

「……それでいいのですか」

ギデオンのような有能な男は、子孫を設けたほうがいいと誰だって思うだろう。だが彼は言うのだ。

「俺は好きに生きていく。役目も立派に果たしているし、誰にも文句は言わせん」

そんな彼を、ブランシュは眩しく思った。

「約束だ」

「約束？」

「ああ、俺の未来を約束する。お前と共に生きていく未来を」

ギデオンはブランシュの未来を守ってくれた上に、自分の未来まで差し出してくれるという。こんな男が、他にいるだろうか。

「私も…ギデオンと生きていきたいと思う」

天に召されていったかつての大司教達。彼らが歩まなかった道をこれから歩いて行くのだ。彼と二人で。

「――ああ、ルリ。おいで」

ヴィンスは席を立つと、窓の向こうを歩いていた小さな子猫を抱き上げる。部屋に迷い込んできたのを、最近飼い始めたのだそうだ。

「気を利かせたつもりらしい」

ギデオンが笑いながらブランシュの頭を引き寄せる。唇が重ねられて、ブランシュはゆっくりと目を閉じた。

■あとがき■

こんにちは。西野（にしの）です。「不可侵の青い月～堕淫～」を読んでいただき、ありがとうございました。

それにしても、私の本のタイトルにはなんと「淫」の字が多いことか……。

聖職者さんとか神職さんとか、ストイックな感じのする立場の人って何か抑圧されているものがありそうですごくエッチだと思います。それを暴くほうも、きっと相当に興奮してしまうと思います。こう書くとなんか私のほうがやばそうな人みたいですね。

この話は「モブレ書きたーい！」と思って書きました。でもやっぱり愛は欲しいのできっと私は光の腐女子。あとやはり受けさんには自罰的であって欲しい。

イラストを引き受けてくださった北沢（きたざわ）きょう先生、ありがとうございました。北沢先生のカラーはものっすごく美しいので、すごく楽しみにしております。

担当さんもご迷惑おかけしましたがありがとうございます。また次もエッチな話をがんばります。

さて今年の夏は電気代も高騰しておりますし、なかなか大変だと思います。でも私はエアコンを我慢しません。暑がりだから…（デブなので）

そして夏は暑いので（重複表現）あまり遠出はしないのですが、何年かぶりにビヤホールとか行ってみたいです。お酒飲めないいんですけどね。

お医者さんにも「運動しなさい」と言われ、「身体動かすのが好きだったら作家になんてなってないいんだよ！」とクダを巻きながらスイッチで運動を始めました。ここ数日は筋肉痛で、なんかロボットみたいな動きになっています。

それでは、またお会いできましたらうれしいです。

西野　花

Twitter　@hana_nishino

初出
「不可侵の青い月～堕淫～」書き下ろし

この本を読んでのご意見、ご感想をお寄せ下さい。
作者への手紙もお待ちしております。

ショコラ公式サイト内のWEBアンケートからも
お送りいただけます。
http://www.chocolat-novels.com/wp_book/bunkoenq/

不可侵の青い月～堕淫～

2023年8月20日　第1刷

© Hana Nishino

著　者:西野 花
発行者:林 高弘
発行所:株式会社　心交社
〒171-0014　東京都豊島区池袋2-41-6
第一シャンボールビル7階
(編集)03-3980-6337 (営業)03-3959-6169
http://www.chocolat_novels.com/
印刷所:図書印刷 株式会社

本作の内容はすべてフィクションです。
実在の人物、事件、団体などにはいっさい関係がありません。
本書を当社の許可なく複製・転載・上演・放送することを禁じます。
落丁・乱丁はお取り替えいたします。